습관과 중독

심리학적 재조명

Habit and Addiction

이현수

박영story

믿음은 생각이 되고

생각은 말이 되고

말은 행동이 되고

행동은 습관이 되고

습관은 가치가 되고

가치는 운명이 된다.

- 인도의 정치지도자
Mahatma Gandhi (1869~1948) -

여든을 맞이한

아내 **정우인** 권사에게

머리말

습관연구의 역사는 2300여 년으로 올라간다. 고대 그리스의 철학자들은 학문적 호기심을 충족시킬 목적으로 다양한 주제를 놓고 토론하였다. '습관'도 여러 주제 가운데 하나였다. 이것이 오늘날 우리들이 관심을 갖는 습관의 기초이다. 이제 습관은 한정된 분야의 전문가들만의 토론의 주제가 아니라 인간행동에 관심을 갖는 여러 영역의 전문가들의 공동관심의 대상이 되었다.

습관연구는 Aristotle(384~322 B.C.)의 저서 『니코마코스 윤리학(*Nichomachean Ethics*)』(1566)에 잘 소개되어 있다. 300여년이 지난 후 미국의 철학자요, 심리학자요, 의사인 William James(1842~1910)는 1,200페이지에 달하는 거대한 저서 『심리학의 원리(*The Principles of Psychology*)』 제4장 전체를 습관에 대한 철학적·생리학적·의학적 설명에 할애할 만큼 습관의 철학에 관심이 컸다. 이것이 곧 습관에 대한 심리학적 연구의 기초가 된 것이다.

습관은 이제 새롭게 조명되고 있다. 철학자나 심리학자의 독점적 논쟁의 주제가 아니다. 전문과학자를 포함한 지식인, 수준 높은 생활인의 관심을 끌게 되었다. 이와 같은 사실은 2013년 Oprah Winfrey(1954~) 사례가 잘 입증하고 있다. 그녀는 철학자도 아니요,

심리학자도 아니요, 물론 의사도 아니다. 그녀는 미국의 유명한 방송인이며, 사업가이다. 그녀는 사회적 원동력을 습관에서 찾고 있다. 이제 습관이 갖는 마법 같은 위력의 실체를 다시 살펴볼 필요가 있다. 하지만 이를 이 책에서 자세히 다루기는 쉽지 않다. 그래서 여기서 멈추기로 한다.

습관은 이제 제한된 전문가들의 학문적 욕구 충족을 위한 토론의 주제가 아니다. 그것은 계층을 달리하는 지식인들의 공동토론주제로 자리매김을 하고 있다. 지금까지 습관을 우리 일상행동의 극히 적은 부분을 차지하는 하찮은 행동으로, 심리학적 연구의 변방에서 빛을 받지 못했다. 하지만 사실은 그것이 아니다. 습관은 개인행동의 축적된 산물이고, 그것은 개인의 가치를 형성하고, 더 나아가서 개인의 운명을 좌우하는 큰 힘을 갖는다. 습관은 하찮은 행동의 한 부분이 아닌 우리 행동의 40%를 차지하는 큰 행동의 한 부분이다. 습관은 이제 새롭게 조명해 볼 필요가 있다.

이 책에서는 첫째, 철학자들이 2000여 년 전에 개척한 습관의 주제를 심리학적 관점에서 재조명해보았다. 둘째, 습관과 중독의 관계를 살펴보았다. 모든 습관이 중독으로 이어지는 것은 아니지만 습관을 경험하지 못한 중독은 생각하기 어렵다. 물질중독으로 알려진 중독, 안정제에 의한 중독, 흥분제에 의한 중독, 진정제에 의한 중독 등 몇 가지만 골라 간략하게 기술하였다. 과학 패러다임의 변천에 따라 새롭게 출현한 '행동중독'의 체계도 소개하였다. 여기에는 일벌레, 인터넷 중독, 그리고 도박 등의 설명이 포함되어 있다.

우리들에게 주어진 여건은 이 책과 같이 독자가 제한된 출판물이 나오기는 쉽지 않다. 어려운 결심을 해준 안종만 회장님과 편집 업무를 맡아준 편집부의 김효선님에게 깊은 감사의 뜻을 전한다.

2019. 5

이현수

차 례

서론

서 론

우리의 일상생활은 매우 복잡해 보인다. 하지만 그것은 습관을 하나의 다발로 묶어놓은 것에 불과하다. 그만큼 습관이 우리 생활에서 차지하는 비중이 크다. 습관이 우리 생활에서 차지하는 비중만큼 학문적 역사도 매우 길고 연구에 관심을 가지는 사람도 많다.

고대 그리스 철학자 Aristotle(384~322 B.C.)와 미국의 철학자 William James(1842~1910)는 습관의 철학적 기반을 구축한 철학자이며 창시자이다. 지난 세기 말부터 습관의 연구는 철학자는 물론 심리학자, 신경과학자에 의해 크게 연구 발전되었다.

최근에 와서는 미국의 유명한 방송인 Oprah Winfrey(1954~)도 습관에 대해 큰 관심을 표시해 전통적 전문학자의 주목을 받고 있다. 그녀는 철학이나 심리학을 전공한 사람이 아니다. 그가 종사하는 직업은 매우 다양하나 습관을 다루는 일이 아니었다. 그녀는 방송국 피디요, 연극배우요, 자선 사업가이다. 그녀의 사회적 공로가 인정되어 2013년에 Duke대학과 Harvard대학에서는 그녀에게 명예철학박사학위를 수여했다. 이런 특이한 인물 말고도 습관의 문제에 관심을 가지는 사람들이 많아지고 있다.

이제 습관은 철학자나 심리학자, 그리고 신경과학자들만의 연구대상이 아니다. 그것은 많은 과학자들은 물론 높은 학식을 가진 생활철학자들이 공동으로 참여해야 하는 과학으로 변했다.

Aristotle는 1566년 『니코마코스 윤리학』에서 습관의 문제를 체계적으로 언급하면서 습관의 기능에 대해서도 설명하였다. 300여 년 후 William James는 1890년 『심리학의 원리』 4장에서 습관이 우리 생활에서 얼마나 큰 비중을 차지하는지를 구체적으로 밝힌 바가 있다. 300여 년 전의 그의 주장은 2006년 미국의 Duke대학연구소에서 발표한 연구결과와 크게 다르지 않다.

습관은 유전적 산물만도 아니고 일상생활에서 습득한 산물만도 아니다. 또한 하루 이틀 사이에 형성된 것도 아니다. 습관은 우리 일상생활에서 차지하는 행동의 한 부분에 지나지 않은 것 같이 보이지만 우리 생활에서 매우 큰 비중을 차지한다. 2006년 Duke대학연구소에서 발표한 자료를 보면 우리 일상생활 행동의 40% 이상이 습관에 기초해서 이뤄진다고 한다. 이와 같은 객관적 사실은 관련 과학자들에게 시사하는 바가 크다. 무엇보다도 습관은 과학적 지식체계를 바탕으로 보다 체계적으로 연구할 가치가 있는 주제라는 것을 시사한 것이다. 습관에 대한 과학적 지식은 우리 생활행동을 이해하는데 큰 도움이 된다.

개인에 대한 이해는 개인의 습관에 대한 지식을 요구한다. 개인의 습관에 대한 지식은 개인을 이해하는데 매우 큰 도움이 된다. 즉 개인의 과거 생활특성을 유추해 볼 수 있을 뿐만 아니라 훗날의 생활양식을 미리 예측해 볼 수 있다. 예를 들어 가까운 훗날은 물론 먼 훗날에 겪게 될 위험성이 높은 질병이 있다면 그것이 어떤 병일까도 짚어볼 수 있다. 이에 대한 예측은 개인의 질병 유발성 성격을 염두에 두어야 한다.

왜 습관이 세간의 관심이 되고 있는가, 습관은 어떻게 정의되고 있는가, 습관은 언제부터 우리의 관심을 끌게 되었는가? 그 역사는 매우 길다. 1900년대부터 오늘날까지 꾸준히 전해지고 있는 한국동요에서도 쉽게 찾을 수 있다. 하지만 불행하게도 작사자 작곡가 모두 미상이다.

자리에서 일어나서
제일 먼저 이를 닦자
윗니 아랫니 이닦자
세수할 때는 깨끗이
이쪽 저쪽 목 닦고
머리 빗고 옷을 입고
거울을 봅니다
꼭꼭 씹어 밥을 먹고
가방 매고 인사하고
유치원에 갑니다
씩씩하게 갑니다

습관은 곧 생활이요, 생활이 곧 습관이다. 다음에 소개하는 회사원의 생활이 곧 습관이요, 그의 습관이 곧 그의 생활이다.

아침 잠자리에 일어나
간단한 몸풀기 운동을 한다.
조간신문을 훑어보고 샤워를 한다.
가족들과 함께 아침밥을 먹는다.
출근복으로 갈아입고
승용차로 회사에 출근한다.
점심식사를 하고 휴식을 취한다.
곧 오후의 일과를 시작한다.
오후 일을 마치면 귀가해서
집안일을 살핀다.
가족들과 함께 저녁식사를 하고
TV 9시 뉴스를 보고 나서
침실에 들어가 취침을 한다.
정해진 시간에 일어나서
다시 하루 일을 시작한다.

위에 소개한 유치원생의 생활이나 회사원의 생활은 하루 이틀 한 주 두 주에 끝나는 것이 아니고 상당기간 지속된다. 이들의 생활은 숙고 끝에 이뤄지는 것이 아니다. 본인도 의식하지 못하는 가운데 자동적으로 이뤄진다. 이것이 곧 습관이다.

미국의 심리학자 William James는 1892년 그의 저서에서 이렇게 주장했다.

"우리들의 일상생활은 치밀한 계획에 따라 형성되는 것이 아니다. 그것은 축적된 경험이 특정한 환경에서 특정한 시간에 다시 나타나는 것에 불과하다."

사실 습관 그 자체는 매우 하찮은 행동의 일부에 지나지 않지만 우리 생활행동의 40%를 차지한다. 이것이 2006년 미국대학연구실에서 발표한 실험결과이다.

보다 학술적인 습관에 대한 정의는 1903년 미국심리학회의 기관지 「*American Journal of Psychology*」에 발표되었다. 미국심리학회는 습관을 이렇게 정의하였다.

"습관은 무의식적으로 그리고 규칙적으로 일어나는 관행적 행동이고, 정신경험의 반복으로 얻어진 유연성이 결여된 사고, 의사, 감정의 통합된 행동이다. 행동하는 당사자는 자신이 행동하고 있다는 의식이 전혀 없다."

습관의 철학

습관의 철학

William James의 습관

William James(1842~1910)는 하버드대학교에서 화학, 비교해부학, 그리고 생리학을 전공한 이학도였다. 수학 중에는 학업을 중단하고 스위스의 저명한 생물학자요, 지질학자인 Louis Agassis(1807~1873)가 주동하던 아마존강의 생태학적 탐험대에 합류하여 생태학 현장을 체험하기도 하였다(1865). 현지 탐사연구를 마치고 하버드에 돌아와 의학공부를 계속하여 의사가 되었다(1869). 하지만 임상진료에 종사하지는 않았다.

그는 하버드에서 비교해부학과 생리학을 연구하는 시기에 유럽의 과학에 관심을 가졌다. 독일의 Herman Helmholt(1821~1894)와 프랑스의 Piere Janet(1859~1947)의 연구실에서 연구하기도 하였다. 이러한 유럽 연구경험이 높이 평가되어 철학교수(1885)가 된 후 심리학교수도 되었다(1889).

그는 최초로 심리학 실험실을 설립하였고(1875), 미국에 과학적 심리학과 실험심리학의 새로운 학풍을 진작시키는 데 크게 공헌하였다.

그는 심리학에 자연과학적 방법을 도입하는 한편 의식상태를 신체적 과정과 연결시키려고 시도하였다. 그의 주장에 따르면 심리학의 목적은 의식상태를 기술하고 설명하는 데 있다. 설명은 의식상태의 원인, 조건결과를 신체과정과의 분명한 관계를 밝히는 데 있다. 즉 신경계통, 특히 뇌의 기능을 밝히는데 역점을 둔다.

그는 두 번에 걸쳐 미국심리학회장을 역임하였다(1894, 1904). 미국심리학회 초대회장은 Granille Stanley Hall(1892)이다. 또한 심리학을 비롯해서 종교, 철학 등 여러 분야에 걸쳐 훌륭한 저서를 남겼다. 대표적인 저술로는 『심리학의 원리(*Principles of psychology*)』를 꼽는다(1890). 이는 12년에 걸쳐 저술한 방대한 분량으로 마음의 생리적 상태를 내성적 방법을 통해서 수집한 자료를 기초로 저술한 것으로 심리학에서는 물론 철학과 종교의 영역에서 고전적 저술로 꼽히고 있다. 이 책의 4장에서 습관의 본질을 자세히 기술하고 있다.

생명체를 외부에서 보면 습관의 묶음으로 이뤄졌다는 사실을 쉽게 발견할 수 있다. 야생동물은 일상행동에 필요한 필수품을 선천적으로 갖고 태어났다. 그들은 그것을 바탕으로 자신의 생명을 유지한다. 우리는 선천적으로 타고난 재능을 곧 본능이라고 부르고 교육에 의한 행동은 이성에 의한 작용이라고 부른다. 가정에서 사육된 동물의 행동은 물론 인간의 행동은 교육에 의해 성장한다. 어떤 일에 반대한 경험을 가진 사람이 두 번 반대하기보다 쉬운 것이 없다. 한 번 반대한 경험을 가진 사람은 다음에는 쉽게 반대할 수 있다. 왜 그럴까? 그에 대한 해답은 신경계통의 신비에서 찾을 수 있다. 서로 성질이 다른 신경계통은 서로 자신의 긴장을 유지하면서 균형을 유지하려는 경향이 있고 이들은 서로 의사를 교환함으로써 서로 균등 상태를 유지할 수 있다.

신경계통은 실제적으로나 잠재적으로 서로 다른 영역과 연결되어 있다. 그들 간에 영양상태에 돌연 변화가 일어나면 새로운 활로를 개척하는 활동을 시작한다. 이것은 곧 새로운 반사회의 활동을 일으킨다. 이 활동의 종말은 확실하지가 않다. 새로운 통로가 신경물질 속에서 일어날 수 있다고도 말할 수 없다. 그 모호성은 우리들의 지혜의 세계에서는 종말이나 다름없다.

습관에는 여러 가지 기능이 있다. 사회 속도를 조절하는 거대한 바퀴기능이 있다. 매우 보수적인 사회적 기관의 기능을 한다. 이들만이 우리들을 질서의 틀에 묶어 놓을 수 있다. 불행한 아이들이 빈곤의 늪으로 빠지는 것을 방어해준다. 우리들이 힘들고 어려운 생활에 빠지는 것을 예방한다. 추운 겨울 내내 어부와 선언을 보호하는 기능이 있다. 암흑탄광 속에서 일하는 광부를 보호하는 기능이 있다. 외부에서 온 허허벌판 주민의 침공을 방어하는 기능을 한다. 혹한지방의 생활을 보호해주는 기능이 있다.

William James가 그의 저서에서 밝힌 습관의 본질과 유연성의 특성은 오늘날 심리학, 특히 습관의 체계를 잘 정리한 것으로 고전적 가치가 인정되고 있다. 그의 고전적 습관의 기술은 미국의 심리학자들은 물론 유럽의 심리학자들로부터 높이 평가받고 있다.

극단적 행동주의자들 – Burrhus Skinner(1904~1990), John Watson (1878~1958) – 은 자극단서에 대한 자동적 반응이 습관이라고 주장한다. 극단적 행동주의자와는 입장을 달리하는 Edward Thorndike (1874~1949)도 외적자극이 곧 반응을 유발하는데 이것이 곧 습관이라고 주장하였다.

같은 행동주의 심리학자의 계보에 속하지만 기능주의 심리학자로 분류되는 Clark Hall(1884~1952)이나 Edward Tolman(1886~1959)은 인간의 행동습관은 특정한 자극에 대한 반응의 습관이 아니라 개인이 가지는 목표의 특성에 따라 그 특성이 달라진다고 주장한다. 목표 없는 행동은 존재할 수 없고 거기에서는 습관도 기대할 수 없다고 주장한다. 이들의 주장은 극단적 행동주의자들과는 새로운 입장에서 습관을 기술하고 있다.

Aristotele의 습관

Aristotle(384~322 B.C.)는 고대 그리스의 철학자이다. 그는 Platon의 제자로, Alexander대왕의 스승으로 유명하다. 우리에게는 습관의 철학적 기초를 제공해 준 철학자로 인식되고 있다.

그는 인간행동에 대한 신경과학적 접근의 기초를 제공한 점에서 현대신경과학자들로부터 높이 평가되고 있는 철학자이다. 인간의 심성에 대한 지식은 여러 과학자들의 대화를 통해서 얻어져야 한다고 주장하였다. 그의 주장은 현대과학자에게 시사하는 바가 크다. 왜냐하면 현대과학자들이 주장하는 학제 간의 연구의 중요성을 강조했기 때문이다.

그의 습관에 대한 철학체계는 10권으로 구성된 『니코마코스 윤리학(*Nichomachean Ethics*)』(1566)에 소개되어 있다. 이 책에서 다루는 습관의 본질도 철학적 지식과 심리학적 지식은 물론 신경과학적 지식을 바탕으로 연구되어야 한다는 것이 그의 주장이다. 그는 습관을 어떤 행동수행에 필요한, 습득한 성향이라고 정의하였다. 습관은 신경과학과 행동과학의 기본 과제이다. 습관은 특정한 목적의식이 없이 수행되는 것으로 널리 알려져 있다.

신경과학자들의 습관의 개념은 동물행동학자의 본능의 개념과 매우 유사하다. 하지만 습관과 본능의 용어는 몇 가지 점에선 크게 다르다. 무엇보다도 습관은 선천적으로 타고난 것이 아니라 후천적으로 습득한 것이다. 습득한 행동은 유연성이 결여된 자동적 행동으로 무의식적으로 작동한다. 이러한 개념으로 습관에 대한 정의를 최초로 내린 사람이 Aristotle이다. 그의 습관의 개념은 동물행동학자의 본능의 개념보다는 현대신경과학자의 개념과 유사하다. 이런 관점에서 보면 Aristotle는 현대신경과학의 기초를 구축한 과학자로 볼 수 있다.

Aristotle의 주장에 따르면 습득한 습관에는 개체가 적응에 필요한 새로운 행동을 습득할 수 있고 목적을 성공적으로 수행할 수 있는 기능이 있다고 한다. 습관은 하나의 행동성향이다. 이 성향에는 개인의 특정한 행동을 조절하는 기능이 있다. 행동은 인지과정에 의해 통제되기 때문에 개인의 모든 행동은 학습의 흔적으로 남게 된다. 이 학습기능은 전통적 통제를 받으며 새로운 행동습득에 큰 영향을 준다. 즉 개체는 행동을 통해 새로운 능력을 습득하게 된다고 한다. 새로운 학습은 습득한 기능을 바탕으로 성장한다. 습관은 연습을 통해서 습득되는데 이것이 곧 목표 지향적 행동이다.

Aristotle에 의하면 성공적 행동은 체험이 선행되어야 한다고 한다. 그의 주장대로라면 건축경험을 통해 건축가가 되고 칠현금연주경험을 통해 뛰어난 칠현금연주자가 되는 것이다. 행동을 경험함으로써 그것을 실현할 수 있다. 겸손한 행동을 통해 겸손한 사람이 된다. 우리들은 경험을 통해 건축가도 될 수 있고, 수학자도 될 수 있고, 피아니스트도 될 수 있고, 그리고 겸손한 사람만이 겸손을 실천할 수 있다. 실천을 통해 습관이 형성된다. 그 과정에는 뚜렷한 속성이 숨겨져 있다.

Aristotle의 습관이론은 크게 세 가지로 요약할 수 있다.

1. 습득한 행동은 또 다른 습관행동을 성취하기 위한 행동이다.
2. 선천적 특성에는 반복적 행동을 보다 자발적으로 그리고 지속적으로 행동을 수행하게 하는 기능이 있다.
3. 보다 많은 인지적 통제를 받는 것은 학습으로서의 습관이다. 반대로 그것이 그들의 유연성을 증대시키는데 그것은 관례로서의 행동에 속한다.

좋은 습관과 나쁜 습관

Aristotele의 저서를 보면 습관은 좋은 습관과 나쁜 습관으로 분류되어 설명되고 있다. 그의 설명에 따르면 좋은 습관은 인지적 기능에 의해 통제를 받는다. 이와는 달리 나쁜 습관은 유연성이 결여되고 목표지향성이 결여되어 있다. 좋은 습관은 인지적 통제가 가능하기 때문에 합리성의 추구가 가능하다. 이와 같은 사실은 경험이 많은 피아니스트의 연주장면에서 쉽게 발견할 수 있다. 나쁜 습관을 가진 사람은 비이성적 목표를 성취하고 그것을 추구한다. 그들은 이성적으로 선택한 목표를 회피하는 경향이 있다.

좋은 습관은 우리의 행동을 통합 성장시키지만 나쁜 습관은 우리의 행동을 통제하고 제한한다. 만일 우리가 습관을 외부자극에 의해서도 전혀 변하지 않는 단순한 근육운동의 관행적 행동으로 생각한다면 이는 그 자체를 좋은 것과 나쁜 것으로 분류할 수 없다. 왜냐하면 이미 내용자체는 고정되어 있기 때문이다.

습관을 좋은 습관과 나쁜 습관으로 평가하는 것은 습관이 인지적 통제기관과 무관하지 않다는 것을 의미한다. 보다 효과적인 목적 습관을 달성하기 위한 행동통제지능이 내포되어 있을 때는 좋은 습관이다. 하지만 만일 그것이 목적수행을 해치는 것일 때에는 나쁜 습관이다.

Aristotele의 좋은 습관과 나쁜 습관은 철학적 용어인 미덕과 악덕의 변용된 표현이다. 신경과학자들은 학습으로서의 습관과 관행으로서의 습관이라는 용어를 선호한다. 학자들 가운데 습관에는 인지적 통제와 목표를 연결시키는 기능이 있다고 주장하는 사람도 있다. 신경과학에서는 습관을 연합주의의 계승산물로 보는데 이는 관행으로서의 습관과 상통하는 의미가 있다. 그러므로 관행으로서의 습관은 인지적 기능을 상실한 학습으로서의 습관의 한 유목으로 생각할 수 있다.

습득한 습관

Aristotle는 습관의 본질을 윤리학에서 찾고 있다. 그는 윤리학이 인간행동을 폭넓게 다룰 수 있다고 한다. 윤리학의 어원에는 행동이라는 의미가 내포되어 있다. Aristotle는 습득한 습관을 이론적 습관, 행동적 습관, 기술적 습관 3가지로 구분해 사용하였다.

이론적 습관은 학습의 보존기능을 의미한다. 단순한 경험이나 반복을 통해서 습득되는 것이 아니라 그에 대한 이해를 요구한다. 수학공식이나 그들 간의 내적 일치성과 같은 것을 이해하는 능력 등을 의미한다. 인간은 단순한 조작적 원리를 통해 반복하는 수학자가 되는 것보다는 수학적 개념과 그것을 유추하는 연역공식을 이해해야 한다. 이해는 이러한 유형의 습관에 있어서는 주가 되는 요소이긴 하지만 반복의 경우에는 적용되지 않는다. 이는 행동의 질에 따라 결정된다. 일단 습관이 습득되고 나면 이론적 습관에 의해 새로운 개념과 명제를 이해하게 되고 특정한 원리를 보다 높은 수준으로 향상시킨다. 이런 종류의 습관은 그 사실을 아는 것을 의미한다. 이는 인지기능의 발달에 영향을 준다. 인지과학에서는 이러한 습관을 외현적 기억으로 간주한다.

행동적 습관은 지혜나 지식에 의존하여 행동하는 습관이다. 어떤 환경에서도 그것을 성취하려고 연구한다. 즉 최선의 것을 선택한다고 주장한다. 시술과 치유에서는 칼을 사용하느냐 혹은 그것을 사용하지 않느냐가 문제되지 않는다. 어떤 방법으로 수행하느냐가 중요하다. 지혜와 지능은 신중함을 의미한다. 이는 곧 진료의 완성을 의미한다. 지혜와 지능을 실천함으로써 자신의 욕구는 이성적으로 통제하게 된다. 더 나아가서 욕구는 정서와 유관한 행동습관이 된다. 정서는 이성적으로 통제되기 때문에 행동습관은 성실한 실연을 통해 보다 성실하게 행동을 통제할 수 있다. 실연적 지혜는 의사결정에 영향을 준다. 이는 이성적 목적에 대해 정서적 반응을 함으로써 이뤄진다. 따라서 행동습관은 행동방법을 이해하는 방법이다.

기술적 습관은 새로 학습한 기술 혹은 목적을 지향하는 기술을 포함한다. 여기에는 악기를 다룬다는 것, 그림을 그리는 것, 그리고 운동경기시합 등이 포함된다. 운동습관, 즉 연합주의자, 신경과학자들이 보는 것 등도 모두 기술적 학습의 유목에 넣을 수 있다. 습관은 순수한 관행으로서의 습관이 아니다. 왜냐하면 기술적 습관은 이성적 통제를 받고, 궁극적으로는 목적 지향적 행동이기 때문이다. 이는 어떻게 피아노를 칠 것인가, 어떻게 그림을 그릴 것인가를 생각하고 그것을 그 순간에 행동으로 실천하기 때문이다.

12세기의 철학자 Averroes(1126~1198)은 습관을 "의지에 따라 행동하는 것"이라고 정의하였다. 기술적 습관은 행동하는 기술을 익히는 것이다. 이것이 오늘날 신경과학에서는 과정적 학습으로 통용된다.

William James는 연합주의자의 이론을 실험심리학에 도입하여 동물의 관행으로서의 습관의 본질을 이해하는데 크게 공헌하였다. 하지만 인간의 행동, 예를 들면 좋은 습관과 나쁜 습관에 있어서는 물론 인지적 통제과정에 대한 설명에서는 독자의 욕구를 충족시키지 못하였다.

습관의 인지기능

습관에는 인지기능을 강화하는 기능이 있다. 관행으로서의 습관의 이론에 의하면 이 모든 기능은 여러 가지 실연을 통해서 습득된다고 한다. 모든 과학자는 지적활동을 선호하고 행동의 반복을 통해 행동은 보다 정교화된다.

학습으로서의 습관은 단순한 행동방법 습득과정이 아니다. 이는 서로 다른 상황에 처했을 때 융통성 있게 적용되는 기능이다. 관행으로서의 습관과 마찬가지로 개인의 목적행동에는 기본적 기능으로 의식적 통제를 배제하는 기능이 있다. 피아니스트가 악보를 읽고 (이론적 습관) 적절한 손가락 운동을 통해 (기술적 습관) 피아노를 자연스럽게 다뤄나가는 경우가 바로 이를 입증해주고 있다. 학습으로서의 습관은 한 가지 습관을 습득하는 것보다 더 중요한 의미를 갖는다.

관례로서의 습관과 학습으로서의 습관은 의식과의 관계가 크게 다르다. 관례로서의 습관은 순수하게 무의식적으로 습득된다. 보다 높은 목적수행을 위해 습관의 기본행동에서 의식을 전적으로 배제한다. 이들은 무의식적으로 관행적으로 이뤄지는 것 같이 보이나 이들에게는 의식이 관계되고 있다. 어떤 행동을 보다 쉽게 수행하기 위해 학습으로서의 습관이 관여되고 있는 것이다. 이는 보다 쉽게 목적을 달성하는데 도움을 주기 위해서이다. 피아니스트는 근육운동의 반복을 통해 피아노를 치는 기술을 습득한다. 이때 되풀이 하는 연습의 횟수를 제한하지 않는다. 그러므로 학습으로서의 습관을 정의할 때 의식과 무의식을 구분하지 않는다.

중독, 강박적 행동, 범행 등은 나쁜 습관(관례로서의 습관)으로 생각할 수 있다. 이는 학습된 기술에 대한 인지적 폐허현상에 기인한다. 이론적·행동적·기술적 습관의 습득은 반복을 요구한다. 이론적 습관의 경우 수준 높은 반복을 요구하지 않는다. 그것은 단 한 번의 이해를 통해서 습득되기 때문이다. 어떤 경우든지 반복은 높은 수준이 보장되어야 한다. 질이 낮은 반복은 목표지향을 저해한다.

초보 피아니스트가 유능한 피아니스트가 되기 위해서는 철저한 자기교육을 수행해야 한다. 유능한 피아니스트와 평범한 피아니스트가 크게 다른 점은 그들이 가지는 행동의 유연성이다. 유능한 피아니스트는 자기가 필요할 때 활용 가능한 행동변화를 할 수 있는 인지적 추동력을 가져야 한다.

행동습관의 사례를 하나 보자. 잘못된 행동을 되풀이하는 것은 질이 낮은 혹은 비실존적 인지적 내용을 습득한 결과를 가져온다. 이는 중독, 강박적 행동, 범행과 같은 비이성적 행동의 습득의 경우와 매우 유사하다. 또 관련된 정보를 전혀 고려하지 않고 의사결정을 하는 무의식적 편견 같은 것도 생각할 수 있다. 이것은 빗나간 잘못된 행동이다.

경직성은 행동에 대한 인지적 기능이 결여된 행동의 습득결과이다. 습득한 기술이 수준 높은 인지기능의 손상으로 경직되는 사례도 많이 있다. 사실상 부적절한 습관은 부정적 학습 스타일을 포함한다.

Aristotele의 습관에 대한 견해는 습관 획득 후에 나타나는 정서적 반응의 특성을 이해하는데 도움이 된다. 이는 약물중독자의 균형을 상실한 행동과 깊은 관계가 있다. 인지적으로 통제된 습관은 개인이 이성적으로 결정된 목표를 성취하는데 도움을 주고 그러한 목적이 성취되었을 때 보다 많은 즐거움을 느낀다. 관례로서의 습관과 목표가 불투명한 행동의 경직성은 목적했던 행동에서 얻는 쾌감을 경감시키는 결과를 가져온다. 이는 신경과학에서 실험적으로 추구한 관례로서의 습관연구 결과와 매우 일치한다.

습관의 신경과학

신경과학 혹은 신경생물학은 신경계통에 대한 과학적 연구에 초점을 맞추고 있다. 신경과학의 역사는 매우 짧다. 20세기 후반에 출현하여 급진적으로 발전한 과학으로 분자생물학, 전자생물학의 기술에 크게 의존해 발전하였다. 신경과학은 여러 분야에서 큰 발전을 해왔다. 인지적 측면에서 인지신경과학은 심리학적 기능과 신경회로와의 관계에 큰 관심을 갖는다. 신경과학은 인문과학은 물론 사회과학이나 행동과학과도 밀접한 관계가 있다. 신경과학에서는 뇌의 기능과 환경과의 관계를 보다 과학적으로 심도 있게 연구한다. 특히 행동신경과학(생물심리학, 생리심리학)은 생물학의 지식을 바탕으로 인간과 동물의 행동기제를 연구한다.

습관이 신경과학의 주요 연구가 되었다. 전문가들도 많이 놀라고 있다. 초기의 습관연구는 동물행동에 역점을 두고 그것이 어떻게 발전하는 지에 역점을 두고 연구했다. 신경과학의 영역에서는 행동, 습관, 목적간의 관계에 역점을 두고 연구하고 있다.

이와 같은 연구 방향 설정에 공헌한 사람이 Anthony Dickinson (1985)이다. Dickinson은 Cambridge대학 심리학과 신경과학교수이다. 그는 인간의 학습과 기억은 물론 습관의 목적지향성을 습관적·도구적 행동과 크게 다르다는 사실을 실험적으로 확증해주었다. 이제 습관은 철학과 심리학의 테두리에서 벗어나 실험심리학, 정신의학, 신경해부학, 신경학의 영역에서 연구가 개발 진전되고 있다.

습관의 심리학적 재조명

습관의
심리학적 재조명

지난 한 세기 동안 심리학은 크게 세 번 변했다. 첫째는 전통적인 의식심리학의 비과학성을 비판하고 출발한 S－R심리학, 행동주의 심리학이다. 이는 오랫동안 의식의 기능을 추구하는 심리학의 흐름을 바꿔놓았다. 심리학은 객관적 방법을 도입해야 한다고 주장하고 자극과 반응의 관계를 추구하는 것이 가장 믿음직하다고 주장하였다.

둘째는 인지심리학이다. 이는 S－R심리학, 특히 극단적 행동주의 심리학의 인간행동추구의 단점을 보완하여 새롭게 출발하였다. 그들은 인간행동과정에 수반되는 인지과정에 큰 비중을 두고 인간행동을 추구하였다. 인간행동에 있어서 개인의 인지기능이 곧 개인의행동특성을 결정한다는데 역점을 두었다.

셋째는 사회·인지·행동적 심리학이다. S－R심리학, 인지심리학의 지식만으로는 개인행동에 대한 충분한 지식을 얻을 수 없다고 주장하고 사회적 요인을 도입한 것이 특징이다.

S–R심리학

자극(S)－반응(R) 심리학은 행동주의 심리학의 또 다른 명칭이다. John Watson(1878~1958)이나 Burrhus Skinner(1904~1990)로 대표되는 행동주의 심리학은 Wilhelm Wundt(1832~1920)나 Edward Titchener(1867~1927)와 같은 기능주의 심리학과는 크게 다르다.

우선 그들에게는 몇 가지 특징이 있다. 그들은 내성법과 같은 연구방법을 수용하지 않는다. 주관적·심리적 상태를 연구대상에서 배제한다. 즉 신빙성이 보장되지 않은 연구방법을 배제한다. 그들은 인간행동을 기계적으로 설명하는 방법을 선호한다. 특히나 극단적 행동주의 심리학자들은 자극(S)과 반응(R)을 매개하는 인지기능, 정서기능, 동기적 매개변인을 연구대상에서 배제한다. 왜냐하면 그것은 독립적 측정이 불가능하기 때문이다.

행동주의 심리학자들이 인간의 행동을 설명할 때 개체의 내적 기제를 배제하는 데에는 또 다른 이유가 있다. 즉 S－R심리학자들은 Edward Thorndike(1874~1949)의 생리적 반사호의 기능을 중요시한다. 그들의 주장에 따르면 개체는 반사적으로 반응한다고 한다. Thorndike의 주장에 따르면 습관은 특정한 운동을 연결하는 행동이라고 한다. 사실 Charles Sherrington(1857~1952)과 같은 영국의 생리학자들은 단순반사의 개념사용을 기피하는 경향이 있다. 왜냐하면 이는 순수한 추상적 개념으로 생리적 기초가 결여되어 있기 때문이다. 이들과는 대조적으로 일부 심리학자들은 S－R의 개념을 모든 행동의 기초개념으로 높이 평가한다.

S－R단위는 외부의 자극에 의해 유발된 행동반응임에는 틀림없다. 그러나 거기에는 개인의 기분, 정서적·심리적 상태를 설명 가능한 이론체계가 결여되어 있다. 이것이 S－R심리학의 단점으로 지적된다.

행동의 S－R모델은 하위 유기체, 예를 들면 쥐나 비둘기가 특정한 조건 하에서 이뤄지는 조건화 행동의 기제는 매우 훌륭하게, 그리고 성공적으로 설명하는 데 도움이 된다. 그러나 언어나 동기와 같은 복잡한 인간행동의 설명에는 도움이 되지 못한다는 비판을 피할 수 없다. 행동주의 심리학을 신봉하는 사람들 가운데에도 S－R모델은 복잡한 인간행동을 설명하는 데에는 여러 가지 문제가 수반된다는 사실을 수용하고 심한 비판을 가하고 있다.

인지과학자들은 행동의 S－R모델을 신봉하는 행동주의 심리학자들의 주장을 수용하지 않는다. 그들은 인간행동의 내적기능의 중용성에 큰 비중을 둔다. 이들은 인간행동의 내적기능은 설명적 가치가 있다고 주장하는 한편 그것을 입증하는 많은 과학적 자료를 제시하였다. 이 자료에는 마음은 환경적 조건과 밀접한 관계를 갖는다는 사실이 실려 있다. 인지과학자들은 의식, 의지와 같은 낡은 개념에 사로잡히지 않는다. 그들은 형이상학적 개념, 예를 들면 기억, 비의식적·기계적 과정을 바탕으로 인간행동의 본질을 탐색한다. 이를 위해 인지심리학자들은 행동주의 심리학자들이 개발한 결정론적 이론을 계승 발전시키는 데에도 큰 관심을 갖는다. 그들은 기억이나 의사결정의 과정을 결정론적 패러다임에 따라 설명하고 있다.

인지심리학

S－R심리학은 인간행동의 과학적 이해라는 주장을 걸고 인간행동을 지나치게 기계적으로 추구하는데 역점을 두었다. 이는 객관성을 추구하는 심리학의 발전에 크게 기여하였다. 이것은 그들이 심리학의 발전에 남긴 공이다.

하지만 그에 따른 과도 적지 않다. 인간행동의 내면세계에 저장된 소중한 정보를 얻지 못하고 말았다. 과를 보상하기 위해 등장한 것이 인지심리학이다. 인지심리학은 심리학에 있어서 인지혁명이고 훌륭한 메니페스토를 등장하게 하였으며 그들에 의해 훌륭한 출판물도 출간되었다.

인지혁명의 메니페스토로 꼽히는 Ulric Neisser(1928~2012)는 1967년에 출간한 저서 『인지심리학』을 통해 S－R심리학의 허구성을 파헤쳤다. 그는 저서 앞부분에 사람의 외부세계와 내부세계, 즉 마음의 결합에 대해 매우 자세히 기술하고 있다. 그의 주장에 따르면 사람은 외적자극이 들어오면 그에 대한 형태를 지각한다. 최종단계에서 외부세계와 도형적 종합을 거쳐 물리적 세계로 통합된다. 이 과정은 자동적으로 그리고 즉각적으로 이뤄진다. 이와 같은 사실은 어느 누구도 인지하지 못한다. 이는 개인의 사고와 환경에 대한 최초의 반응이 된다.

Neisser의 주장은 Skinner의 주장과 크게 다르다. Neisser에 의하면 도형적 종합은 자동성의 근반이다. 이는 개체가 환경적 자극을 받으면 자연스럽게 일어나는 행동이라고 한다.

고등정신과정은 환경에 의해 작동하는 것이 아니라 실천적 과정이라고 불리우는 과정에 의해 마음속에서 이뤄진다. 이를 계기로 심리학은 10여 년 동안 환경적 결정론과 반환경적 주장 사이에 갈피를 잡지 못하고 방황하였다. Neisser는 환경적 결정론을 포기하고 그에 대치할 이론을 찾지 못해 크게 실망한 나머지 새로운 기능을 탐색하기 시작하였다. Neisser와 그를 추종하는 인지과학자들은 실천적 통제기술의 내적기술을 발견하는데 연구력을 집중하였다. 그 결과 찾아낸 것이 내적기술의 블랙박스의 기능을 축소화하고 고등정신기능의 자동성에 대한 사회적 인지기능의 중요성이었다.

그들은 인간의 고등정신반응은 환경적 자극에 의해 유발된다는 행동주의 심리학자들의 가설사실을 재발견하게 되었다. 하지만 이들은 행동주의 심리학자들과는 달리 내적·심리적 과정에 설명적 기제를 활용하였다. 그들의 연구는 행동주의 심리학자들의 추구방법을 배제하고는 S-R심리학의 문제를 발전시킬 수 없었다. 이를 극복하기 위해 과거 인지심리학과 신경심리학의 개념을 도입하지 않을 수 없었다.

사회·인지·행동

습관은 사회·인지·행동의 특성에 의해서 결정된다는 주장이 등장하였다. 이는 새로운 습관의 이론으로 인지과학자들 －Noam Chomsky(1928~); Orval Mowrer(1907~1982); Ulrich Neisser(1928~2012)－ 이 주동이 된 새로운 이론이다. 이들은 인간의 복잡한 행동을 단순한 자극－반응의 패러다임으로 이해하는 것은 크게 잘못된 것으로 생각하고 전통적 심리학자, 특히 행동주의 심리학자들의 주장에 반기를 들고 그것을 대체할 수 있는 것은 인지심리학을 주축으로 한 행동의 사회·인지·행동모델이다. 이 모델은 인간의 인지기능과 환경의 영향을 결합시킨 것으로 연합에 의한 학습기능은 물론 인지기능 및 사회환경적 기능에 큰 비중을 두고 습관을 기술하고 있다.

습관은 특정한 사태에서 반복적으로 나타나는 자극－반응도 아닌 개인의 정신세계에서 일어나는 산물도 아니다. 그것은 반복되는 자극－반응이 개체의 정신적 과정에서 반복적으로 외부에 나타나는 심리적 반응이다. 이것이 곧 습관이다.

상당히 오랫동안 습관은 행동주의 심리학자의 그늘에서 성장 발전하였다. 행동주의 심리학자들은 습관을 학습을 통해서 습득한 행동이 반복되는 현상으로 정의하였다. 그들은 상태(자극)와 행동(반응)을 직접 연결시키고 거기에서 어떤 보상을 기대한다. 하지만 그 기대의 기제는 단순하지 않다. 보상에 따라 습관의 강도가 결정되고 그것은 과거의 경험과 밀접한 관계가 있다고 주장하였다. 이와 같은 주장은 습관의 기제를 지나치게 단순화시킨다는 비난을 피할 수 없게 되었다.

행동가운데 쉽게 습관으로 굳어지는 것이 있는가 하면 보다 많은 반복과정을 거쳐 습관으로 고착되는 행동도 있다. 보다 빈번하게 일어나는 행동이 습관으로 고착되는 확률이 많은 것은 사실이나 빈번하게 되풀이되는 행동이라고 해서 반드시 습관으로 고착되지는 않는다. 행동의 빈도는 습관적 행동의 직접적 지표는 될 수 없다. 습관행동 가운데에는 선천적으로 타고난 행동은 꼭 보상을 필요로 하지 않는다. 이들에게 외적 보상은 선천적 동기수준을 저하시킬 뿐만 아니라 형성을 저해하는 수가 있다.

습관은 전통적으로 과거 행동빈도의 함수에 의해 자동적으로 형성된다. 즉 과거생활에서 빈번히 했던 행동이 습관으로 고착된다. 그 사람의 태도, 의도, 정서적 경험은 습관형성에 영향을 주지 않는다. 나의 과거 행동은 훗날 나의 행동과 매우 밀접한 관계가 있다. 오늘 나의 행동은 과거 나의 행동과 무관할 수 없다.

습관의 연구는 오랫동안 행동주의 심리학의 우산 밑에서 수행되었다. 그들에게는 정신과정(인지과정)은 환경자극의 영향을 받지 않는다는 강한 신념이 있다. 이와는 대조적으로 인지과학자들은 인지과정이나 정신과정이 행동형성에 큰 영향을 미친다는 점을 신봉한다. 그들의 주장에 따르면 습관은 정신적 표상으로 자동적으로 활성화된다고 한다.

습관은 곧 목표달성을 위한 도구의 구실을 한다. 이 결합의 강도는 목적과 과거 행동 간의 상호활성의 정도에 의해 결정된다. 목표의 활성화의 강도가 강하면 강할수록 동일한 조건에서는 동일한 반응을 한다.

심리학은 인간의 행동특성을 추구한다. 시대정신의 변화에 따라 그들이 추구하는 대상은 물론 그것을 이해하는 방법도 달라진다. 그래서 심리학이 의식을 연구하는 과학으로 각인되기도 하고 행동을 연구하는 과학으로 각인되기도 한다. 동일한 대상도 시대정신의 변화에 따라 서로 다르게 해석된다. 이것은 과학의 정도이다.

습관에 대한 해설도 예외일 수는 없다. 습관은 일상생활에서 빈번하게 일어나는 행동으로 생각할 수 있고 이미 결정된 목표를 추구하는 행동으로 보기도 한다.

습관과 행동

습관은 축적된 행동으로 이는 개인의 가치로 이어지며 더 나아가서는 개인의 운명으로 이어진다. 습관이 우리 생활에서 차지하는 힘은 우리가 생각했던 것보다 크다. 습관의 원천은 행동이다.

심리학자들이 '내면의 세계'와 등돌린지 오래되었다. 누구한 사람의 힘에 의한 변화가 아니라 과학발전의 순응현상이다. 이제 심리학에서는 인간과 동물의 행동을 연구한다. 그들은 남들이 자신들을 행동을 연구하는 과학자, 즉 행동과학자로 불러주기를 원한다. 그만큼 심리학자들은 행동에 매력을 느끼고 있다.

심리학이 행동을 연구주제로 주장한 역사는 별로 길지 않다. 하지만 행동은 심리학자의 연구주제로 굳게 자리매김을 했다. 행동의 기제는 매우 복잡하다. 얼마 전까지만 해도 인간의 행동은 신비적 개념으로 설명되었다. 그것은 우리 기억에 생생히 남아있다. 그들에게는 행동을 설명하기 위한 가설은 물론 이론체계도 없었다. 행동과학자로서의 현대 심리학자들에게는 행동을 설명하는 데 쓰일 검증 가능한 가설과 이론체계가 있다. 그들은 정신적 혹은 심리적 세계를 모두 연구의 대상에서 배제하지 않는다. 다만 접근하고 설명하는 방법이 전통적 심리학자들과 다를 뿐이다.

행동과학자는 유기체의 행동은 물론 내부세계도 연구대상으로 보며 그에 접근하는 방법이 전통적 심리학자들이 선호하는 것과 다르다. 전통적 심리학자들은 유기체는 자유 혹은 자유의지에 의해 지배된다고 믿고, 마음, 자아, 초자아, 이드에 역점을 두고 있었다. 그러나 행동과학자들은 행동에 역점을 둔다. 이것이 크게 다른 점이다.

그러면 행동이란 무엇인가? 행동은 한 유기체가 가지는 전체행동의 한 부분으로 다른 사람들에 의해 관찰 가능하고 측정 가능한 것이어야 한다. 행동은 유기체의 기능으로 한 개인이 하고 있는 것이 무엇인지 다른 사람들이 이해 가능해야 한다. 또 그것은 다른 사람의 눈에 띄어야 한다. 이러한 조건이 갖춰졌을 때 연구과제로 채택된다.

유기체의 수용기는 외부세계에서 주어지는 자극에 매우 예민하기 때문에 주의의 세계를 보다 예민하게 반응 가능하다. 그러므로 확실한 연구의 대상이 될 수 있다. 행동은 유기체의 운동반응이요, 외부자극에 대한 예민한 반응이다.

유기체의 행동은 이제 특정분야에 종사하는 과학자들의 전유물이 아니다. 신경과학의 발달로 유기체의 행동은 뇌의 신경학적 운동으로 연구되면서 보다 다양한 연구자의 관심의 대상이 되고 있다.

행동연구를 위해 신경과학의 지식을 활용한 역사는 Rene Descartes(1596~1650)의 연구에서 찾을 수 있다. 이 연구가 곧 행동에 대한 신경과학적 지식의 기초가 되어 행동연구자에게 큰 도움을 주고 있다.

행동에 대한 과학적 연구는 신경과학적 연구보다 정신적 세계에 대한 지식에 기반을 두어야 한다는 것이 행동에 대한 과학적 연구의 또 하나의 주장이다. 이와 같은 주장은 영국의 생물학자 Charles Darwin(1809~1882), Conwy Morgan(1852~1936), 그리고 미국의 심리학자 John Watson(1878~1958)의 연구에서 쉽게 찾아볼 수 있다. Darwin은 마음의 연속성의 개념으로 정신기능의 체계를 해석하였고 Morgan은 절약의 법칙으로 인간의 특성을 설명하였다. 이들은 인간의 특성은 선천적인 것과 후천적인 것으로 구분되어야 한다고 주장하고 많은 사례를 소개하고 있다. Watson은 인간의 이해는 마음의 연속성보다는 그의 행동체계의 특성에 따라야 한다는 주장으로 Darwin과는 생각이 다른 점이 있다.

습관의 심리학적 재조명

습관이 심리학자의 관심을 끈 역사는 매우 길며 심리학자의 입장에 따라 서로 다르게 불리워진다. 심리학자, 특히 극단적 행동주의 심리학자 Burrhus Skinner(1904~1990)나 John Watson(1878~1958) 같은 사람은 습관의 형성과정과 변용과정에 기계론적 방법을 적용한다. 그들은 습관을 자극-반응의 관계에 의해 형성되고 그것을 바탕으로 이뤄지는 것으로 보고 그 기능에는 별로 관심이 없다. 사실 인간의 행동은 단순한 자극-반응의 관계만으로는 충분한 설명이 불가능하다. 개인의 행동에는 목표라는 새로운 기능도 고려되어야 한다. 이 점을 보완한 것이 습관에 대한 심리학적 재조명 작업이다.

우리 일상생활에서 보다 빈번하게 수행되는 행동이 습관으로 이어진다. 습관의 개념은 매우 추상적이다. 그러므로 그에 대한 개념을 정의해 놓은 것을 보면 정확한 것과 잘못된 것을 구분하기 어렵다. 통속적으로 습관은 보다 빈번하게 일어나는 행동을 지칭한다. 하지만 빈번한 행동으로서의 습관은 심리학자에게는 매우 불만스러운 정의이다. 무엇보다도 이는 왜 번번한 행동이 일어나는지를 설명하지 못한다. 이에 대한 설명은 설명적 기제가 밝혀져야 한다. 즉 습관은 다른 행동에 비해 보다 빈번하게 일어나야 한다. 왜냐하면 그것은 자동적으로 일어나기 때문이다.

습관은 자동성과 빈번성의 양면에서 이해되어야 한다. 하지만 행동의 자동성이나 빈번성만으로는 심리학자들이 만족할 수 있는 습관의 개념을 설명하지 못한다. 특정한 내용을 가진 행동은 기억과 같은 내용－행동의 연합을 형성하여 의식적 사고과정에 자동적 충동체계로 전환을 하게 된다. 일단 습관이 형성된 행동과 최소한의 사고를 통해 하나의 행동을 유발하게 된다. 이것이 곧 습관이다.

우리의 지각과 행동은 서로 독립된 기능이면서 서로 밀접한 관계를 유지한다. 그러므로 개인의 행동을 이해하기 위해서는 두 기능을 연결지어야 한다. 신경계통은 행동에 많은 영향을 준다. 이는 개인의 사회적 행동에도 직·간접으로 영향을 준다. 또 정신적 표상에 영향을 주는데 여기에 의식은 전혀 관여되지 않는다. 지각과정은 의식과 무관하지만 곧 행동에 영향을 준다.

이와 같은 비의식적 지각과정이 인간행동, 특히 사회적 행동에 주는 영향을 William Carpenter(1813~1885)는 1874년 그의 저서 『정신생리학(*Principles of Mental Physiology*)』에서 밝히고 있다. 그의 주장에 따르면 우리가 특정한 행동에 대해 생각하는 것만으로도 그 행동을 유발하는 충분한 조건이 된다고 한다.

이와 같은 유사한 주장은 William James(1842~1910)의 저서 『심리학의 원리 2권(*The Principles of psychology*, vol.2)』(1890) 의지의 장에 잘 소개되고 있다. 그는 사고는 곧 행동이라고 주장하였다. 어떤 행동을 생각하면 곧 행동에 대한 충동이 생긴다. 충동은 행동을 유발한다. 그 근원은 의식의 흐름에 있다. 이 과정에서 개인의 의사나 의지는 행동에 대해 의사결정을 하거나 행동 그 자체에 전혀 영향을 주지 못한다. 즉 특정한 행동에 대한 생각이 무의식적으로 자동적·지각적 활동을 통해서 행동을 유발한다고 생각할 수 있다.

이와 같이 개인의 지각적 표상과 운동표상은 밀접한 고리에 의해 묶여져 있다. 이는 현대신경생리학자의 연구결과에 의해 그 주장의 타당성이 밝혀지고 있다. 대표적인 연구결과는 짧은 꼬리원숭이의 거울신경 활동과정의 결과에 의해서 입증되었다. 즉 원숭이는 다른 원숭이의 행동을 관찰하는 것만으로도 근육활동이 일어난다는 사실이 거울신경활동에 나타난다. 이 신경은 뇌의 전운동피질에 위치하여 원숭이가 사물에 접근하여 잡으려 할 때, 또 원숭이가 피험자가 그러한 행동을 하는 것을 관찰하였을 때 동일한 운동을 한다는 사실이 거울신경에 그대로 나타난다.

습관에 대한 정의가 쉽지 않다는 사실에 대해 런던대학 Benjamin Gardner교수는 "습관은 연구의 유용성과 일관성에 따라 정의해야 한다"고 주장하고 있다. 지금까지 습관은 통속적으로 쉽게 정의되어 통용되고 있다. 습관은 무의식적으로, 그리고 빈번히 일어나는 행동이다. 일어나는 행동빈도가 습관을 정의하는 일차적 기준이다.

습관에 대한 정의는 일상생활인들도 쉽게 내리고 있다. 하지만 그것은 습관에 대한 완벽하고 정확한 정의는 아니다. 개인의 일상행동을 잘 관찰해보면 모든 사람에게는 빈번하게 취하는 그 사람만이 행동이 있음을 알 수 있다. 그러나 그의 빈번한 행동의 원인은 일반 사람들은 알지 못한다.

습관에 대한 정확한 개념정의를 위해 심리학자들은 심리학적 조작개념을 도입한다. 이는 설명적 개념이다. 이 조작적 개념에 따르면 습관은 빈번히 일어나는 행동이다. 그것은 의식적 의사결정을 필요로 하지 않은 자동적 행동이다. 개인이 빈번한 특정행동을 반복함에 따라 행동은 내용과 연합된다. 이 행동–내용의 연합은 기억에 남는다. 기억속의 행동은 환경적 단서에 직면하면 자동적·충동적 체계로 변한다. 일단 형성된 연합은 곧 행동을 유발한다. 여기에 숙고과정은 개입되지 않는다.

습관은 개인의 목적을 지향하는 자동적 행동이다. 습관은 단순한 반복적 빈도에 의해서 그 특성이 결정되지 않는다. 습관은 정신적 표상이다. 습관은 자기 목적수행을 위해 자동적으로 수행되는 과정이다. 습관은 목적과 행동이 통합된 실체로서 보다 빈번하게 나타나는 행동유형으로 생각할 수 있다. 이러한 자동성은 습관을 형성하는 긍정적 구성요소이다. 물론 빈번하게 일어나는 자동적 행동은 습관을 형성하는 필요조건은 될 수 있으나 충분조건은 될 수 없다.

습관은 목표 지향적 자동적 행동이다. 대부분의 행동은 습관적으로 이뤄지는 관계적 행동이다. 그들은 다분히 습관적으로 관습적으로 이뤄진다. 개인의 행동은 무의식적으로 그리고 자동적으로 이뤄지고 그것은 개인의 생활에 큰 도움을 준다.

지금까지 발표된 습관에 대한 연구는 태도–행동의 모델로 행동이나 태도에 비중을 두고 있다. 미래의 행동특성은 전혀 고려되지 않는다. 인간의 행동은 습관의 영향을 크게 받는다. 행동주의 심리학자들의 주장에 따르면 사람들의 현재 행동을 과거의 행동과 무관할 수가 없다고 한다. 현제 행동은 과거 행동의 반복에 지나지 않는다는 것이 행동주의자들의 주장이다.

이들의 주장에 따르면 정신적(혹은 인지적) 과정은 환경자극에 대해 습관적으로 자동적 자극에 대해 자동적 각성을 매개하지 않는다고 한다. 이와는 달리 인지기능에는 환경자극을 직접 통제하는 기능이 있다. 습관은 정신적으로 표출되면 자동성의 기능을 활성화시킨다. 습관은 목표 지향적 행동으로 목표와 행동을 연결지어 목표달성을 촉진시키는 기능을 한다.

두 변인의 유대관계의 강도는 목표와 과거 행동의 동시 활성화의 의존관계에 따라 결정된다. 동일한 조건 하에서 목표의 활성화보다 빈번하게 목표에 달성할 수 있게 되면 그 습관은 보다 강화된다. 인간의 행동에서 행동의 동기적 요인과 지향하는 목표가 밀접한 관계가 있다. 동기와 목표는 의식적 관계없이 행동을 유발한다. S－R 단위는 복잡한 행동을 만족하게 설명하지 못한다. 동기를 바탕으로 한 피드백을 필요로 한다. 이 주장은 정보이론과 기술이론, 특히 Nobert Wiener(1894~1964)라는 미국의 수학자가 개발한 인공두뇌학 또는 사이버네틱스 발달에서 큰 힘을 얻고 있다.

이 개념에 따르면 개인의 행동은 피드백을 받게 되면 곧 자동적 통제체계에 연결된다고 한다. 습관은 특정한 목표와 그를 지향한 행동의 상호작용으로 이뤄지는 정신적 표상이다. 이 두 변인의 연합은 빈번히 일어나는 행동을 통해서 형성되며 목표를 활성화시켜 정신적으로 표상화된다. 유사한 조건이나 환경사태에서 빈번하게 목표지향적 행동을 하면 두 변인의 결합은 더 강화되어 보다 쉽게 그리고 자동적으로 일어나게 된다.

습관의 형성과 수정

습관의 형성과 수정

좋은 습관의 형성

누구에게나 자기 특유의 습관이 있다. 그 습관에는 좋은 습관도 있고 그렇지 못한 것도 있다. 어떤 습관도 평생 변하지 않은 것은 없다. 우리 자신을 위해, 우리 가정을 위해 좋은 습관은 형성 유지하고 나쁜 습관은 좋은 습관으로 수정할 필요가 있다. 이는 많은 시간과 노력을 요구한다. 자동적으로 형성되고 수정되는 습관은 없다.

습관은 여러 가지 서로 다른 방법으로 형성된다. 어떤 습관은 반복에 의해 형성되고 어떤 습관은 조건형성 과정에 의해 형성된다. 어떤 습관이나 정착하는 데에는 상당한 시간을 필요로 한다. 무엇보다도 마음의 상태가 습관형성에서 큰 힘으로 작용한다. 마음의 상태는 의식의 세계와는 거리가 멀다. 우선 자신이 자동차 드라이브를 할 때 목적지가 어딘지를 두고 운전한다고 생각해보자. 목적지를 찾아갈 때 어느 방향으로 얼마를 가서 다리를 건너 다시 큰 빌딩 앞에서 우회전해서… 이렇게 자세히 의식하지 않아도 운전대에 앉으면 자신도 모르게 쉽게 목적지에 도착할 수 있다. 이것은 자신이 목적지를 향해갈 때 우선하는 것을 의식하지 않은 상태에서 조건화과정이 형성되어 있기 때문이다.

습관에도 개인차가 있다. 긍정적 습관을 더 가진 사람도 있고 부정적 습관을 더 가진 사람도 있다. 문화에 따라, 성별에 따라 습관의 본질 또한 다를 수 있다. 긍정적 습관은 우리의 일상생활에 도움을 준다. 이와 달리 부정적 습관은 우리의 일상생활에 도움을 주지 못한다. 자기 자신도 모르는 사이에 형성된 습관은 긍정적 습관이나 부정적 습관이나 모두 마음속에 저장된다. 무의식적 마음의 상태는 긍정적인 것과 부정적인 것을 구분하지 않고 모두 의식의 세계에 저장한다.

형성된 습관에는 유연성이 있다. 부정적 습관을 가진 사람이 긍정적 습관을 가진 사람으로 달라질 수 있다. 한 사례를 두고 생각해보자. 어떤 회사원은 사무실에서 4시간마다 흡연하는 습관이 있다. 그는 외부산책으로 흡연을 대신하기로 했다. 이를 계기로 그는 사무능력은 크게 신장되었다고 스스로 보고하고 있다. 이처럼 부정적 습관을 긍정적 습관으로 대치하려면 우선 부정적 습관을 스스로 각성해야 한다. 개인의 각성은 태도로, 태도는 습관으로, 습관은 행동으로 이어진다. 각성한 부정적 습관에 크게 관심을 가지게 되면 부정적 습관은 곧 긍정적 습관으로 대치되어진다. 이 태도는 곧 긍정적 습관으로 굳어진다.

부정적 습관을 버리고 긍정적 습관을 갖고 싶어 하는 사람이 많다. 뜻을 이루려면 무엇보다도 습관의 본질을 항상 각성해야 한다. 자신이 불행하다고 생각하는 습관이 있으면 불행한 자신을 원망하는 것보다 행복한 습관을 가진 사람이 되겠다는 마음가짐이 보다 중요하다.

개인의 습관은 다른 행동과 밀접한 관계가 있다. 인도의 탁월한 정치지도자 Mahatma Gandi(1869~1948)는 습관과 다른 행동과의 관계를 이렇게 말하고 있다.

믿음은 생각이 되고,
생각은 말이 되고,
말은 행동이 되고,
행동은 습관이 되고,
습관은 가치가 되고,
가치는 운명이 된다.

좋은 습관을 형성하고 유지하고 싶으면 그에 대한 목표를 설정해야 한다. 실제로 자신이 하고 싶은 것은 무엇인지를 설정해야 한다. 목표는 특성화 되어야 하고, 측정 가능하고, 헌신적이어야 한다. 또 자신의 힘으로 성취할 수 있는 것이 무엇인가를 분명하게 밝힐 필요가 있다. 목표는 광범위하거나 불투명한 것보다는 투명한 것으로 내가 하고자 하는 것은 무엇이고 왜 내가 그 목표를 설정했으며 나의 힘으로 그것을 어떻게 수행할 것인가를 분명하게 밝혀야 한다.

그러므로 자신이 설정한 목표를 성취하는데 많은 시간이 소요된다.

설정한 목표는 수량화 되어야 한다. 그것은 숫자로 표시될 수 있어야 한다. 설정한 목표는 실제행동으로 옮겨질 수 있어야 하고 통제가 가능해야 한다. 설정한 목표는 자기의 능력으로 현실화 시킬 수 있어야 한다. 뜻대로 이뤄지지 않을 때에는 그 이유를 깊이 생각해야 한다. 설정한 목표는 언제부터 실현될 수 있고, 언제 목표가 완성되며, 시작과 종료의 시기가 언제인지 분명하게 밝혀져야 한다. 이 목표가 성취되면 나에게 어떤 득이 되고 만일 목표가 성취되지 못하면 나에게 어떤 불미스런 일이 생길 것인가를 미리 생각해야 한다.

목표수행과 관련되는 습관을 찾는다. 목표수행에 필요한 적절한 습관을 찾는다. 이는 보다 쉽게 목표를 수행할 수 있게 도와준다. 목표를 설정하고 목표수행을 위해 적절한 수단을 발견하게 되면 보다 쉽게 목표를 수행할 수 있다. 목표가 확실히 밝혀지면 습관은 쉽게 찾을 수 있다. 예를 들어보자. 6주 동안에 체중 10kg을 빼는 것이 목표였다면 매일 저녁 7시에 산책하기로 결심해야 한다. 결심하고 나면 정해진 시간에 행동으로 옮긴다. 이를 반복해 습관화시킨다.

자신의 동기수준을 점검한다. 자신의 목표가 설정되고 목표성취 습관이 결정되면 자신의 동기수준을 점검해 볼 필요가 있다. 동기는 곧 목표를 왜 성취해야 하는가 그 이유를 말해준다. 동기에 따라 목표의 성공과 실패가 좌우될 수 있다. 그러므로 자신의 동기 상태를 스스로 깊이 점검할 필요가 있다. 자기에게 새 습관이 생기면 그것이 내가 설정한 목표성취에 어떤 도움을 주는가, 나의 삶에 어떤 도움이 되는가, 그리고 그것이 나의 기존의 습관에 어떤 영향을 주는

가를 생각해야 한다.

좋은 습관을 형성해서 그것을 유지하고 싶을 때에는 자기의 능력으로 감당할 수 있는 작은 습관부터 시작한다. 만일 자신이 새롭게 형성하고자 하는 습관이 자기의 능력으로 감당하기 힘들다고 판단이 되면 보다 작은 습관으로 목표를 바꾸어 신장시키는 것이 성공적으로 습관을 형성할 가능성이 보다 높다. 자기의 힘으로 감당하기 힘든 습관의 형성은 성공하기가 쉽지 않다. 다지방 과당 음식섭취 습관에서 벗어나고 싶으면 일차적으로 지방이 많은 음식습관을 피한다. 이를 성공하면 다음으로 당분이 많은 음식섭취 습관을 피하면 결과적으로 지방이 많고 당분이 많은 음식섭취 습관에서 성공적으로 벗어날 수 있다.

새로운 습관이 정착될 때까지는 많은 시간이 소요된다. 특정한 새로운 습관을 형성하는데 수주가 걸리는 사람이 있고 수개월, 수년이 걸리는 사람이 있다. 습관형성에 소요되는 기간은 습관의 본질과 본인의 성격특성, 환경특성에 따라 달라진다. 일반적으로 자기 스스로 새로운 습관을 갖고 싶어 하는 욕구가 강할수록 습관의 형성기간이 짧다.

아무리 단순한 습관이라 하더라도 습관형성의 과정에는 장애물이 따른다는 것을 알아야 한다. 이는 새로운 습관형성 과정에 큰 도움을 준다. 장애물을 적절하게 피하는 것은 새로운 습관형성을 포기하는 것을 의미하는 것이 아니다. 예를 들어 어느 날 하루 산책을 하지 못했다고 해서 그것이 정기적 산책습관을 포기한 것이 아니다. 그 날 하지 못했던 산책은 다음 날 만회하면 된다.

좋은 습관을 형성하기 위해서는 그 습관과 관계되는 단서를 확보한다. 단서를 바탕으로 매일 새로운 행동을 수행할 수 있다. 단서는 자신의 일상생활에서 관행적으로 이뤄지는 습관에서 –아침 샤워나 모닝커피 같은 것에서– 택하는 것이 바람직하다. 만일 치실(dental flossing)습관을 형성하고 싶다면 칫솔질을 며칠 동안 계속하면 치실습관은 자동적으로 형성된다. 만일 단서가 잘 머리에 떠오르지 않으면 자명장치를 사용하여 치실사용시간을 알리는 방법을 쓰면 매우 편리하다.

자신의 습관을 형성하기 위해 자신의 환경을 변화시키는 방법을 쓴다. 이를 통해 목적달성의 기회가 더 많아진다. 깊이 고려한 환경변화는 효과적인 습관형성 방법으로 자신의 습관을 보다 쉽게 형성 변화시킬 수 있다. 예를 들어 출근 전에 체육관에 가서 운동하는 습관을 갖고 싶어 한다고 생각해보자. 그러면 전날 밤에 체육복을 챙겨서 현관 앞에 놓아두고 잠자리에 든다. 아침에 일어나서 준비하고 나가면 자연스럽게 출근할 준비가 완성되며 이러한 환경변화는 곧 체육관에 가는 습관으로 자연스럽게 형성된다.

새로운 습관을 형성하는 것은 쉽지 않지만 보다 쉽게 습관을 형성하는데 도움이 되는 몇 가지 방법이 있다. 첫째, 자신의 습관에 대해 항상 관심을 가져야 한다. 습관은 자동장치가 작동하는 것처럼 자동적으로 이뤄지지 않는다. 보다 관심을 가질수록 보다 쉽게 습관은 형성된다. 둘째, 자신이 설정한 목표에 대해 주위사람들의 의사를 들어 보는 것이 바람직하다. 또한 자신의 습관의 변화를 다른 사람과 비교하는 것도 큰 도움이 된다. 셋째, 자신의 습관이 형성되는 과정을 스스로 추적하면 보다 쉽게 습관을 형성할 수 있다. 넷째, 자신의 목표습관을 보다 효율적으로 수행하겠다는 동기를 스스로 부여한다. 이를 위해 자기보상수단을 활용한다. 자기보상수단으로 활용할 수 있는 것은 우리 주위에 많이 있다. 자기 스스로 놀랄만한 것을 보상수단으로 선택하는 것이 효과적이다. 현재 체중에서 10kg을 빼는 것을 목표로 세운 사람이 체중감소에 성공하려면 체중감소에 도움이 되는 것이라면 조그마한 도구사용도 수용해야 한다. 이를 통해 체중감소 동기수준은 크게 향상된다.

습관은 신경계통의 활동과 밀접한 관계가 있다. 행동이 반복되면 신경계통의 기능이 활성화되어 각각 기관에 에너지를 공급한다. 인간은 외부자극을 받으면 반응을 일으킨다. 이 반응이 강화되면 습관으로 굳어진다. 특히 습관형성과 직접관계가 있는 것은 기저핵이다. 개인이 어떤 환경에 직면하였을 때 취해야 할 행동방향을 결정하는 것이 기저핵이다.

보다 자세히 이야기하면 기저핵은 운동 및 전운동피질 영역에서 일어나는 행동을 통제하고 기능을 조정하는 역할을 한다. 따라서 수의적 행동을 보다 원활하게 통제하는 기능을 하는 것이 기저핵이다. 기저핵에는 여러 운동체계의 운동을 통정하는 기능이 있다는 것이 실험적으로 확인되었다. 기저핵에서 일어나는 운동은 뇌의 여러 영역에서 오는 정보의 영향을 크게 받는다. 기저핵은 여러 피질하핵으로 구성되어 있다. 이는 대뇌피질, 시상은 물론 여러 영역과 밀접하게 연결되어 수의적 근육운동, 과정학습, 여러 가지 습관적 행동, 이 갈기, 눈 운동, 인지기능, 정서기능 등을 통제한다.

학습경험을 바탕으로 습관이 형성된다. 습득한 행동은 체내에 저장된다. 저장된 행동이 반복적으로 강화를 받으면 곧 습관으로 고착된다. 사람은 여러 가지 방법으로 정보를 수집한다. 정보의 한 부분을 개별적으로 기억할 수도 있고 몇 개의 정보를 덩어리로 묶어서 뇌 속에 저장하기도 한다. 가령 Y.M.C.A, I.B.M, D.H.L이라는 정보를 저장한다고 할 때 개별정보를 하나하나 저장하기도 하지만 보다 효과적인 정보전달을 위해서 하나의 그룹, 예를 들면 YMCA－IBM－DHL로 그룹을 만들어서 정보화한다. 이것이 정보의 큰 덩어리 만들기 과정이다.

습관은 뇌의 자기이익 추구기능에 대응하는 한 수단이다. 이것이 과학자들의 주장이다. 이러한 효능을 가진 뇌의 기능 때문에 우리는 보다 효과적으로 사소한 일상생활, 예를 들면 아침에 일어나면 샤워를 하고, 칫솔질을 하고, 면도를 하고, 옷을 입는 등의 행동을 전혀 신경 쓰지 않고 해나간다. 그러한 뇌의 기능이 우리에게는 얼마나 고마운 일인가.

습관들이기

습관은 뇌의 내부에서 이뤄지는 세 가지 기능 －신호, 관행, 보상－ 으로 이뤄진다. 이 세 가지 기능은 하나의 고리를 형성한다. 신호는 뇌의 자동적 기능을 촉발한다. 신호를 받은 뇌는 관행적으로 물리적·정신적 행동을 취한다. 보상은 자동적 기능을 원활하게 하는 긍정적 자극이다. 뇌 속에서 이뤄진 신호와 관행, 보상이 반복적으로 보다 잘 통합을 이루면 그것이 곧 습관이 된다.

보다 좋은 습관은 학습을 통해 습득한다. William James가 주장하는 네 가지 습관들이기 기술은 다음과 같다.

첫째, '무슨 일이든 시작이 좋으면 반은 성공한 것이다'는 격언처럼 보다 좋은 습관을 가지려면 출발이 좋아야 한다. 강한 동기를 바탕으로 마음을 결정해야 한다. 결심 이후에도 마음이 동요되어서는 안 된다. 결심한 사실은 주저 없이 행동으로 옮긴다.

둘째, 규칙적으로 실연한다. 새로운 행동이 우리 생활의 관행으로 잡힐 때까지 규칙적으로 실연을 해야 한다. 계획하는 것을 실천하는 데 주저해서는 안 된다. 실천을 연기하거나 주위의 방해를 받게 되면 실천의 동기가 약화된다.

셋째, 환경의 특성에 따라 습관형성의 질은 크게 달라진다. 보다 독서에 열중하기를 원한다면 독서에 열중할 수 있는 친구가 있어야 한다. 게으른 친구는 독서 열중에 도움이 되지 못하고 도리어 방해가 된다.

넷째, 목표가 성취될 때까지 멈추지 않는다. 일단 형성된 습관의 강도는 지속적으로 강화된다. 그러므로 행동의 근원이 확실하게 잡힐 때까지 지속적으로 이어간다. 우리는 새로운 습관이 형성되면 그것을 즐기게 되고 그에 관심을 가지게 되며 보다 빈번하게 실연한다. 보다 좋은 습관으로 굳히기 위해서는 습관의 긍정적 측면을 깊이 고려한다. 습관의 본질을 생각하고, 보다 나은 결과를 생각하며, 보다 나은 직무수행의 방법을 탐색한다.

부정적 습관의 수정과 극복

누구에게나 긍정적 습관이 있는가 하면 부정적 습관도 있다. 습관은 양면성이다. 우리의 삶에 있어서 높은 평가를 받는 것은 긍정적 습관이다. 긍정적 습관을 가진 사람은 좋은 평가를 받는다. 이에 따라 개인의 생활은 보다 행복해진다. 이와는 달리 부정적 습관을 가진 사람의 생활은 불행해진다. 보다 행복한 삶을 위해서는 좋은 습관은 받아들이고 나쁜 습관은 수정해서 좋은 습관으로 만들 필요가 있다. 좋은 습관은 들이고 나쁜 습관은 좋은 습관으로 수정하는 것은 별개의 과정이 아니다. 그것은 하나의 독립된 과정이다. 즉 동전의 양면과 똑같다.

심리학자 Timothy Pychy는 나쁜 버릇을 고친다는 것은 새로운 습관을 들이는 것이라고 말했다. 신경과학자 Elliot Berkman은 나쁜 버릇을 고치는 것보다는 그것을 새로운 습관으로 대치시키는 것이 보다 쉽다고 말했다. 금연치료에서 금연시키는 것보다는 니코틴 껌으로 대치시키는 것이 보다 쉽다는 말이 있다. 나쁜 버릇은 왜 고치기가 힘든가? 그것은 나쁜 습관을 가진 개인의 성격, 동기, 환경, 그리고 수정하고자 하는 습관에 대한 많은 정보를 요구하기 때문이다. 실제 치료에 있어서는 외부의 압력을 이용하는 것보다 개인의 가치체계에 호소하는 것이 보다 바람직하다.

나쁜 습관이 보다 쉽게 고쳐지는 경우가 있다. 신체에 큰 이상이 생기면 나쁜 습관은 보다 쉽게 고쳐진다. 급작스럽게 기관지장애가 있을 때에는 금연하기가 보다 쉬운 경우가 바로 그것이다. 이는 심리학자 Susan Whitbourne의 주장이다.

나쁜 습관을 성공적으로 치료하는 데는 본인의 강한 동기가 절대적으로 필요하다. 좋은 습관을 들이고 싶을 때에는 대체 행동도 생각할 필요가 있다. 금연을 위해 스낵을 선호하는 것이 한 예이다. 좋은 습관을 형성하기 위해 오래된 습관을 인위적으로 바꾼다는 것은 매우 어렵거나 불가능하다. 장기간 지속된 습관은 좋은 것이나 나쁜 것이나 신경조직의 특성과도 깊은 관계가 있다. 그렇기 때문에 고쳐나가기가 쉽지 않다. 자신이 자기의 잘못된 습관이 어떤 것이고, 그것을 효과적으로 파괴하는 데는 변화에 대한 강한 동기를 필요로 한다.

어느 누구에게나 양면의 습관이 있다. 좋은 습관, 즉 긍정적 습관이 있는가 하면 나쁜 습관, 즉 부정적 습관도 있다. 좋은 습관은 유지 향상시키고, 나쁜 습관은 바로 잡아가는 것이 바람직하다. 좋은 습관과 같이 나쁜 습관도 자동적으로 습득된 것이기 때문에 바꾸기 쉽지 않다.

부정적 습관을 효과적으로 극복하기 위해서는 첫째, 무엇보다도 자신에게 어떤 부정적 습관이 있는지 그 실체를 스스로 깨닫는 것이 중요하다. 이를 위해 자신이 부정적 습관행동을 할 때마다 일정한 방식으로 기록할 필요가 있다. 예를 들어 자신에게는 식전에 스낵을 지나치게 많이 먹는 버릇이 있다는 것을 깨달았다고 하자. 이 버릇을 극복하기 위해서는 스낵을 먹고 싶은 식욕이 생길 때마다 인덱스 카드에 기록한다. 일주일 동안 수집한 기록을 분석해서 빈도를 정확하게 파악해둔다. 이를 몇 주만 계속하면 그 습관에서 자연스럽게 벗어날 수 있다.

둘째, 자신의 부정적 습관을 스스로 깨닫고 극복하기 위해서는 그와 양립불가능한 행동이 무엇인가를 찾아 행동으로 옮긴다. 예를 들어 식전에 스낵을 먹고 싶은 생각이 들면 식탁에 있는 물을 한 컵 마시거나 정원에 나가 걷기를 한다.

셋째, 부정적 습관을 극복을 위해 자기보상을 한다. 부정적 습관에 대한 욕구가 생길 때마다 그것을 억제하는 것에 대해 스스로 보상을 하는 것은 매우 중요하다. 보상을 주는 것은 부정적 습관을 지속시키는 것이 아니라 긍정적 습관으로 대치시키는 수단이 된다.

마법의 21일

미국의 성형외과 의사 Maxwell Maltz(1889~1975)는 인간의 행동변화에 21일이 소요된다는 사실을 발견하고 이를 '마법의 21일'이라 명명하고 그의 저서 『사이코사이버네틱스(*Psycho-Cybernetics*)』(1960)에 이런 사실을 소개하였다.

인간의 정신적 심상에 뚜렷한 변화가 오는데 최소 21일이 소요된다. 성형수술을 받은 환자의 얼굴이 정상화 되는데 최소 21일이 소요된다. 수족절단환자는 적어도 21일은 모형사지에 의존해야 한다. 새 집으로 이사한 사람이 이곳이 내 집이다는 감정이 드는 데에도 21일이 걸린다. 새 직장에 취직하여 그 분위기에 적응하는데 21

일이 소요되는 것은 흔히 볼 수 있다.

그는 인간의 뇌에는 과학성이 입증되는 신비성이 존재한다고 강력하게 주창하고 있다. 그의 주장에 따르면 인간의 뇌는 미사일의 자동유도장치와 같아서 개인이 자신의 목표를 정하면 뇌는 그 목표를 향해 유도해나가는 기능이 있다고 한다. 그러한 변화가 눈에 띄게 나타나는데 적어도 21일이 소요된다는 것이다. 이것이 곧 인간 행동을 변화시키는 '마법의 21일'이다.

그러면 좋은 습관은 들이고 나쁜 습관을 좋은 습관으로 수정하는데도 마법의 21일의 법칙이 적용되는가? 불행하게도 아직까지는 그 법칙이 여기에는 적용되지 않는다. 자료는 극히 제한되었지만 좋은 습관은 들이고 나쁜 습관은 고쳐 가는데 '마법의 21일'의 법칙은 적용되지 않는다.

보다 자세한 객관적 실험결과를 하나 살펴보자.

영국의 암센터 연구소의 Phillippa Lally는 건강습관의 변화에 며칠이 소요되는 지를 알아보기 위한 실험을 했다. 96명에게 일정 기간 자유롭게 생활하게 하였다. 자유롭게 음식을 먹고, 술을 마시고, 운동하게 하였다. 그 결과 음식습관, 음주습관, 그리고 운동습관이 드는데 평균 66일이 소요된다는 사실을 발견하였다. 습관형성에 소요되는 시간은 습관의 형태에 따라 다르다. 음식, 음주, 운동 습관 형성에 소요되는 시간은 서로 다르다. 일반적으로 습관형성에 18일이 소요되는 것도 있고 254일이 소요되는 습관도 있다. 습관의 지표는 자동성의 측정결과에 의해서 결정된다고 할 수 있다.

습관

습 관
: 좋은 습관 10가지와 나쁜 습관 10가지

개인의 습관은 누적된 행동의 결과이고 이 습관은 개인의 가치로 이어지고 더 나아가 개인의 운명을 결정한다. 우리 일상행동은 매우 다양하고 새로운 것 같지만 40% 이상이 습관의 연속이다. 누구에게나 특이한 습관이 있다. 그것을 살펴보면 좋은 것도 있고 나쁜 것도 있다. 이것을 구분하기는 쉽지 않다. 동일하거나 유사한 습관도 개인의 문화적 환경에 따라 또 사회적 규범에 따라 서로 다르게 분류될 수 있다.

아주 일반적인 식사예절, 식사습관은 문화적 환경에 따라 좋은 습관과 나쁜 습관이 다르게 평가된다. 여기에 열 가지 좋은 습관과 열 가지 나쁜 습관을 소개한다. 문헌상에 소개된 것을 저자의 판단에 따라 취사선택한 것은 아니다. 되도록이면 극단적인 것은 제외하였다. 편리하게 읽고 공감할 수 있는 것으로 판단되는 것을 소개한다.

좋은 습관 10가지

1. 자기수양

자기수양을 쌓는 사람에게는 성공이 보장된다. 자기가 하고 싶은 것, 자기가 할 수 있는 것, 그리고 그것을 수행할 방법을 아는 사람은 자기수양이 된 사람이다. 자기수양이 결여된 사람에게는 성공이 보장되지 않는다. 성공한 사람에게는 자기수양의 습관이 드려져 있다. 이들은 자기 스스로를 효과적으로 관리하고 있다.

2. 겸손

지도자는 겸손해야 한다. 겸손은 삶의 한 방법이다. 거액의 은행계좌를 가지지 못한 사람이라도 겸손하고 예의가 바르면 성공한다. 그들은 자신의 장점을 노출시키지 않는다. 겸손한 사람은 다른 사람과 자신을 비교하지 않는다. 자신의 의지상태를 점검해 성취하고자 하는 의지, 만일 그것이 정상적인 것이라 할지라도 그것을 통해서 엄청난 이익을 얻겠다는 생각을 해서는 안 된다. 잘못된 의지를 버리면 자신의 욕망은 보다 쉽게 이뤄나갈 수 있다.

3. 의지

의지가 강한 사람이 성공한다. 큰일을 성취하고 싶은 의욕을 가지면 그것을 성취할 방법을 탐색한다. 의지력은 자신의 야심을 성취시키는 힘을 의미한다. 욕망은 그것을 성취하겠다는 마음을 충동시킨다. '뜻이 있는 곳에 길이 있다'는 격언이 이것을 의미한다. 뜻이 있는 곳에는 길이 열린다. 다른 것은 생각하지 말자.

4. 인내심

인내심은 성공의 관건이다. 인내심이 있는 사람에게는 항상성 있다. 즐거울 때나 슬플 때나 태도의 변화가 없다. 이러한 마음가짐을 가진 사람은 슬픔이나 즐거움의 영향을 받지 않는다. 이들의 나쁜 시간은 쉽게 지나간다. 그것이 자신의 마음을 동요시키지 않는다는 것을 잘 기억한다.

사람들에게는 꿈을 이루겠다는 의지가 있다. 그러나 그것을 성취하겠다는 용기가 부족한 사람이 많이 있다. 이런 사람들에게는 성공이 보장되지 않는다. 그들은 관습에서 벗어나는 것을 두려워하기 때문이다. 새로운 것을 꿈꾸고, 큰 것을 이루겠다는 야망을 가진 사람은 관습을 버리고 새로운 것을 추적하는데 아무런 두려움을 느끼지 않는다. 다른 사람보다 많은 것을 갖고자 하는 사람은 다른 사람보다 많은 것을 얻는다.

5. 두려워하지 않음(무공포)

'운명의 여신은 용감한 사람 편이다'라는 말이 있다. 승자에게는 특정한 사실을 자기 나름대로 굳게 믿는 습관이 있다. 주도권을 쥐고 행동하는 사람에게는 두려움이 없다.

모든 일에는 긍정적인 면과 부정적인 면이 상존한다. 우리들의 행동은 우리가 뿌린 씨앗의 열매에 지나지 않는다. 성공할 사람은 짧은 시간도 이용해 조그마한 일이나 사소한 일을 한다. 그 시간이 자기에게 어떤 도움을 주는지를 잘 이해한다.

6. 짜투리 시간

유명한 소설가 Umberto Eco(1932~2016)는 짜투리 시간에 일하는 즐거움이 어떤 것인지 밝혔다. 짜투리 시간이란 중요한 일을 맞추고 다음 일을 시작할 때까지 남아도는 시간을 의미한다. 이는 다음 일이 시작할 때까지 허둥지둥하면서 보내는 시간이다. 이 시간을 이용해서 조그마한 쓸모가 있는 일을 하거나 비생산적인 일을 하는 것이다.

예를 들어 중요한 약속을 했을 때, 상대방이 방문할 때에도 자기관찰을 게을리 해서는 안 된다. 충분한 자기관찰자료를 분석해보면 자신이 어떤 일을 수행할 것이며, 그것을 얼마나 성공적으로 수행할 것인가를 결정할 수 있다. 실제 자신이 원하는 것이 무엇인가를 결정하는 것은 가장 어려운 일이다. 성공적인 사람은 자신이 실제 원하는 것이 무엇인가를 잘 알아서 성공목표로 전진하는데 큰 힘이 된다.

7. 관찰력, 주의력

성공한 사람은 관찰력과 주의 집중력이 다른 사람보다 높다. 그들은 자기의 주변에서 일어나고 있는 일은 그냥 보고 지나가는 일이 없다. 그 내부에서 진행되고 있는 것을 자세히 관찰하고 그에 주의를 집중한다. 내면의 눈을 항상 개방하고 있다. 그들은 관찰된 외부

사건은 물론 내부에서 일어나는 것까지도 자세히 관찰하고 분석한다. 더 나아가서는 그것을 변화로 시도하기도 한다. 그들은 자신이 쓰는 일상생활에서 보는 자기 방, 장롱 속, 그리고 서류함까지도 찾기 쉽게, 그리고 단순하게 조직화하는 습관이 있다.

8. 조직화

일을 잘 조직하고 그 수행방법을 잘 계획하는 사람에게는 성공의 기회가 많다. 이들은 눈앞의 과제뿐만 아니라 앞으로 직면하게 될 일까지도 미리 계획하고 조직화한다. 성공한 사람이 얼마나 일을 잘 조직하고 실행했는지를 그의 컴퓨터자료를 분석해 보면 보다 잘 이해할 수 있다. 앞으로 직면하게 될 일까지도 세밀하게 계획 세워 그것을 성실하게 수행하는 것이 보다 중요하다.

9. 시간엄수

시간은 돈과 같이 귀중한 자산이다. '시간은 돈이다'라는 말이 여기서 나왔다. 이는 시간낭비에 대한 막연한 경고가 아니다. 중요한 것은 이 말의 핵심이다. 성공할 가망성이 높은 사람은 시간이 소중하다는 사실을 안다. 어떤 경기의 최종 순간을 생각해보자. 1초의 수만분의 1로 승자와 패자가 결정되는 경우가 있다.

시간을 지키는 것은 성공한 사람에게는 즐거움이 된다. 그들은 시간을 지키지 못하는 사람의 가치를 매우 낮게 평가한다. 이것이 곧 성취자의 한 이론이다. 일을 망설이거나 착수하지 못하고 머뭇거리는 사람은 성취자가 될 수 없다. 그들은 언제 어떻게 성취해야 하는지를 잘 안다. 근면성은 하나의 습관으로 훈련시킬 수 없다. 하지만 그것이 한 번 몸에 배면 평생 동안 지속된다. 승자는 자신의 목표가 무엇인지 분명하게 이해한다. 근면한 사람은 보통사람보다 많은 것을 성취한다. 그들은 일을 지연시킬 위험을 철저하게 피한다.

10. 확고한 신념

확고한 신념은 좋은 습관이다. 확고한 신념이 생활화된 사람은 어려운 일에 직면해도 초심을 굽히지 않는다.

나쁜 습관 10가지

Julian Cymbalista－Clapp(1955~2013)가 「*Reader's digest*」에 소개한 나쁜 습관 10가지는 다음과 같다.

1. 지속적인 군것질

생리적 기감 상태가 아닌데도 계속적으로 군것질을 하는 것은 나쁜 습관이다. 불량습관은 개인의 건강에 부정적 영향을 준다. 비만이나 심장질환은 대표적인 것으로 뽑힌다. 칼로리는 높으나 영양가가 낮은 스낵식품인 정크푸드 섭취는 체내에 유해물질을 축적시키는 결과를 가져온다. 건전한 음식섭취 습관은 개인에게 여러 가지 도움을 준다. 이는 균형 잡힌 영양상태를 유지시켜 주고 에너지 소실을 막아내며, 체중을 일정하게 유지시킨다. 트랜스지방, 포화지방,

당분, 탄수화물, 나트륨이 정상상태를 유지하게 해준다. 그러므로 건강유지를 위해서는 나쁜 습관을 좋은 습관으로 바꿔갈 필요가 있다.

전문가의 도움을 받기 전에 스스로 할 수 있는 방법을 실천할 필요가 있다. 기감을 스스로 느낄 때까지 생리적으로 음식섭취욕구가 생길 때까지 음식물을 섭취하지 않고 포만감을 느낄 때까지 음식을 먹지 말아야 한다. 다소 포만감을 느끼기 전에 음식섭취를 중단한다. 음식을 섭취할 정당한 이유가 생겼을 때, 즉 기감을 느낄 때와 같이 정당한 이유가 생겼을 때 음식을 섭취한다. 스트레스를 받았을 때, 슬픔에 잠겼을 때, 권태감이 들 때 음식섭취는 피해야 한다. 아무 생각 없이 음식을 섭취하는 것은 삼가해야 한다. 군것질을 위한 음식, 정크푸드 –칼로리는 높으나 영양가가 없는 스낵 등의 음식–는 좋은 음식으로 바꾼다. 냉장고는 과일, 야채, 콩, 저지방 음식 등으로 대치한다. 자기가 좋아하는 음식을 먹을 때에는 아무데서나 먹은 것보다 식탁에서 물을 마셔가면서 즐거운 마음으로 섭취하는 것이 바람직하다.

2. 과다한 TV시청

지나치게 많은 TV시청시간은 개인생활에 부정적 영향을 준다. 신체적 운동시간을 줄여 체중이 늘어난다. 이로 인해 30세 이후에 흔하게 발병하는 제2 당뇨병 발병가능성이 높아진다. 대표집을 대상으로 한 연구결과에서 TV시청시간이 하루에 두 시간 이상인 사람은 그렇지 않은 사람보다 더 많은 스낵을 섭취하는 경향이 있다는 사실이 밝혀졌다.

균형 잡힌 TV시청기간과 건강증진 소비시간은 개인에게 여러 가지 도움을 준다. 보다 많은 칼로리를 연소시킬 수 있고, 신체적 피트니스 상태를 유지할 수 있다. 또 자신의 건강문제를 효과적으로 극복할 수 있어 균형 잡힌 신체건강을 유지할 수 있다. 이로 인해 보다 높은 자신감을 가지고 기분 좋은 일상생활을 할 수 있다.

잘못된 생활습관에서 벗어나기를 원하는 사람에게 '2/30 규칙'을 권하고 싶다. 하루에 2시간 이상 TV를 시청해서는 안 되고 하루에 30분 이상 신체적 운동을 하라는 충고이다. 목적 없이 TV채널을 마구 돌리는 것은 삼가야 한다. 특별히 보고 싶은 프로그램이 있을 때 채널을 바꾸는 것은 이에 해당되지 않는다. TV앞에서는 스낵을 먹어서는 안 된다. 이는 많은 질 좋은 스낵을 선택할 기회를 놓치기 쉽다.

3. 과도한 부채

금전문제로 걱정이 많으면 건강이 악화된다. Rutgers대학교에서 수행한 전화면접결과에 의하면 지나친 금전문제에 대한 걱정은 여러 가지 질병을 유발한다고 한다. 주요한 것은 고혈압, 우울증, 불면증, 두통, 소화불량, 동통, 궤양, 과도한 흡연과 음주, 그리고 체중의 변화 등이다. 자신의 부채를 청산하는 것은 건강을 회복하는 데 큰 도움이 된다.

부채는 자아기능에도 부정적 영향을 준다. 이는 지속적으로 높은 각성상태를 유지하게 한다. 또한 채무 청산 후에도 정상적 정신기능은 쉽게 되돌아오지 않는다. 자신이 스스로 통제 하에 있다는 생각이 들고 심한 스트레스에서 벗어나지 못하며 근심걱정에서 벗어나지 못한다. 이러한 압력에서 벗어날 때 보다 편한 수면을 취할 수 있고, 정상적인 식생활을 할 수 있으며, 사소한 질병에서 벗어날 수 있다.

하지만 개인의 채무 청산은 쉽지 않다. 많은 시간이 걸린다. 그러므로 채무자의 생활에서 정상인의 생활로 회복하는 데에는 자기 스스로 금전관리의 기술을 개발할 필요가 있다. 투자증권에 대한 지식도 습득하고 예산수립의 기술도 스스로 개발해야 한다.

4. 지나친 패스트푸드 섭취

패스트푸드에는 여러 가지 장점이 있다. 먹기 편리하고 값이 저렴하며 맛이 좋다. 이것은 누구도 부인하지 못한다. 하지만 지속적으로 패스트푸드를 즐기는 것은 좋은 습관이 아니다. 보통사람들과는 달리 버거는 더블치즈버거, 계란은 더블에그, 음료수는 오버사이즈를 선호하는 습관은 고쳐야 한다. 이는 심장병이나 당뇨병 유발 위험성을 높인다. 패스트푸드에는 트랜스지방이 다량 포함되어 있어 콜레스테롤과 비만 수준을 높인다. 이는 동맥 내에서 지방 플라크를 생성해 동맥경화를 일으킨다.

평생 간직하는 좋은 생활습관을 갖는 것은 쉬운 일이 아니다. 건전한 음식섭취를 위해서는 많은 원인을 고려해야 하고, 비싼 비용이 보장되어야 한다. 이러한 조건이 보장될 때 체중조절과 심장병, 당뇨병 예방이 효과적으로 이뤄진다. 즉 건전한 음식섭취는 곧 좋은 건강을 담보해준다.

양호한 건강 유지를 위해서는 패스트푸드보다는 좋은 메뉴에 따라 자기 자신만의 음식을 선택 섭취할 필요가 있다. 소다보다 커피나 물을 즐겨 마시는 것이 좋다. 샐러드와 석쇠에 구운 닭고기로 만든 버거가 패스트푸드보다 건강에 도움이 된다. 기감을 느끼지도 않는데 패스트푸드점이 있으면 불쑥 들어가는 것도 삼가해야 한다. 시장기가 들어 간단한 식사를 할 필요가 있을 때에는 식료품가게에서 좋은 건강식품을 고르는 것이 바람직하다. 샌드위치가게를 택하는 것도 좋다. 건강식품이라는 신념을 가지고 자기에게 맞는 식품을 선택해서 과일이나 채소와 함께 먹는 것이 바람직하다.

5. 여름철 화상

일광욕으로 구릿빛 피부를 인위적으로 만드는 사람이 많은데 이는 피부노화를 촉진시키는 결과를 가져온다. 일광욕은 피부의 탄력성과 수분기를 줄어들게 하고 얼룩반점과 기미를 생성하며 피부탈색을 가져온다. 보다 큰 문제는 일광욕이 화상을 일으키고 더 나아가 피부암을 유발하는 수가 있다. 태닝샵에서의 일광욕은 피부손상위험이 더 크다. 일광욕 배드는 피부암을 유발할 위험이 크고 피부의 탄력성을 크게 손상시킨다. 일광욕 배드에서 입은 상처는 회복하거나 정상기능을 하는 것은 기대하기가 힘들다.

자신의 피부를 보다 잘 보호하기 위해서는 매년 피부과 전문가의 검진을 받을 필요가 있다. 피부과 전문의는 환자에게 나타난 이상한 변화의 본질을 진단한다. 건전한 피부관리는 스스로 해나가야 한다. 항상 선크림을 사용하고 되도록이면 태양을 피해 그늘을 이용한다. 모자와 선글라스를 착용하고 한 여름에는 얇은 긴소매 옷을 착용한다. 셀프 테너를 사용해서 구릿빛 피부를 스스로 만든다. 녹차를 애용하면 태양광선으로부터 개인의 피부를 보호한다.

6. 지속적인 분노, 걱정, 스트레스

현대 우리들은 만성적 스트레스 속에서 생활하고 있다. 이는 혈압과 혈당수준의 증가, 면역기능과 소화기능의 저하 등 여러 가지 신체적 증상으로 나타난다. 거기에다 고단백, 과당음식이 우리들의 식단을 차지하고 있다. 이와 같은 환경은 심장병과 당뇨병의 세상을 만들고 있다.

이러한 환경 속에서 건강을 지키기 위해 스트레스 경감기술이 개발·발전되었다. 이 기술의 혜택을 받는 사람들는 혈당을 저하시킬 수 있고 면역기능을 높일 수 있게 되었다. 또 우울증과 동통에서 해방되고, 개인의 심장건강이 보장받을 수 있게 되었다. 정상체중이 유지되면서 개인의 삶은 즐거워지고 신체적 건강을 누릴 수 있게 되었다. 또한 스트레스 경감기술 －요가, 명상, 심호흡－ 은 낙관적 생활수준을 향상시켜주고 있다. 비관적 생활습관을 낙관적 생활습관으로 대치시켜 준다. 낙관적 생활습관은 스트레스를 극복하는 능력을 향상시켜 스트레스에서 벗어나 행복감을 스스로 느끼게 하는 기능이 있다. 우울한 감정에서 스스로 벗어나는 기술도 많이 개발되어 있다. 긴장이완훈련이 대표적인 기술이다.

7. 아침식사 거르기

우리는 보통 하루에 식사를 세 번 한다. 가장 먼저 먹는 것이 아침식사이다. 아침식사를 통해 신체기능이 작동하기 시작한다. 아침식사를 거르게 되면 신체적 운동기능이 리듬을 타지 못한다. 그 결과 기력과 혈당수준이 떨어지고 신진대사의 속도가 느려진다. 그러면 체중은 늘고 몸동작이 느려진다. 또한 지금 굶고 후에 음식을 섭취하는 식사습관이 형성된다. 그래서 아침을 거르는 사람이 낮에는 과식하는 식사습관이 형성된다.

이와 같은 악습을 개선하는 가장 좋은 방법은 반드시 아침식사를 하는 습관을 들이는 것이다. 아침을 거르는 나쁜 습관을 가진 사람이 아침을 먹게 되면 신체에 여러 가지 긍정적 생리적 변화가 온다. 과체중이 정상화되고 불건전한 혈당에 변화가 나타나 혈당수준이 안정된다. 이로 인해 지나치게 음식을 섭취하고자 하는 욕구가 줄어들고 기감을 느끼는 일이 없다. 아침식사를 통해 보다 많은 에너지를 공급할 수가 있다. 더 나아가 자신의 체중을 보다 쉽게 통제할 수 있게 된다.

아침식사는 반드시 밥이어야 된다는 것은 아니다. 샌드위치, 우유 한 컵이 아침식사가 될 수 있다. 시간에 쫓길 때에는 과일 몇 조각을 이동 중에 섭취하는 것도 아침 거르기를 피하는 방법이 될 수 있다. 이렇게 해도 영양가는 충분히 보충된다. 저지방 요구르트, 냉동베리, 바나나를 섭취해도 영양가치는 충분히 보충된다.

8. 과도한 음주

과도한 알코올 섭취는 독이 된다. 여성의 경우 하루에 2~3회 이상 음주하면 간 손상 위험이 크다. 간의 손상은 물론 혈압이 상승하고 기억력이 떨어지며, 우울증에 빠질 위험이 크다. 과도한 음주가 건강을 손상시킨다는 사실은 다음과 같은 사실에서 잘 알 수 있다.

과도한 음주자가 금주하게 되면 긍정적인 신체변화가 온다. 소화기능이 향상되고 보다 깊은 잠을 잘 수 있다. 혈압은 정상으로 회복되고 심장혈관계통의 건강이 회복된다. 뿐만 아니라 알코올 섭취를 자제하면 교통사고를 피할 수 있다. 개인의 금주는 대인관계, 특히 가족관계가 현저하게 호전된다.

남성은 하루에 2회 이상 음주해서는 안 되고 여성의 음주량은 남성의 음주량보다 많아서는 안 된다. 건강을 위해서는 술 대신 밥과 친근해지는 것이 좋다. 술은 취하기 위해 마시는 것이 아니고 그 향을 즐기기 위해 마시는 것이기 때문에 천천히 마시는 것이 바람직하다. 금주에 성공하는 방법은 여러 가지가 있다. 자기의 의지에 따라 음주가 통제되지 않으면 전문가의 조언을 받거나 알코올 어나니머스(AA)의 멤버 도움을 받는 것도 좋은 방법이다.

9. 흡연

지구상에서 건강에 가장 큰 해를 주는 것은 담배이다. 이와 같은 사실을 입증하는 자료를 살펴보자. 심장병 환자의 3% 이상이 흡연에 의해 사망한다고 한다. 흡연자의 80~90%는 폐암으로 사망할 위험이 매우 높다. 흡연은 심장발작은 물론 천식이나 기관지염을 유발할 위험도 매우 크다.

흡연에는 예기치 못한 긍정적 기능도 있다. 환자의 최종 흡연 후 수분이 지나면 손상 받은 폐와 심장혈관계통의 기능이 곧 회복된다. 금연 1개월 후에는 폐기능이 호전되어 기침이 크게 줄어들고, 숨찬 것도 낮아진다. 금연하면 암이나 심장병의 위험이 크게 줄어들고 미각과 후각기능이 크게 향상된다. 숨 쉬는 것이 쉬어지고, 피부색깔이 밝아지며 옷에 베여 있는 니코틴 냄새가 크게 줄어든다.

성공적 금연은 많은 노력을 요한다. 우선 세밀한 계획을 세울 필요가 있다. 첫째 계획이 실패했을 경우를 생각해서 몇 개의 대안 계획까지도 준비할 필요가 있다. 계획에는 의사의 자문을 받을 계획도 포함되어야 한다. 가족이나 친구로부터 도움을 받는 것도 계획에 들어간다. 그 외에도 믿을 만한 지지자 그룹의 도움도 받을 필요가 있다. 니코틴껌을 통해 특별한 전문가의 도움을 받지 않고도 정상적 생활로 복귀할 수도 있다.

10. 과도한 진통제나 안정제 사용

잘못된 약물 선택이나 지나친 양의 약을 섭취하는 것은 건강문제로 이어진다. 관절염이나 근육통을 극복하기 위해 쓰이는 비스테로이드성 진통소염제인 이부프로펜이나 아스피린을 장기간 복용하면 궤양, 위장출혈, 고혈압, 그리고 심장발작을 유발할 위험이 크다. 안정제나 수면제를 과도하게 섭취하면 걸음이 비틀거려 넘어질 수도 있다. 또한 장기간 복용하면 기분이 상쾌해지기 때문에 중독되거나 습관성이 생긴다.

약물을 중단하게 되면 부정적 효과는 소실되고 기분은 정상적으로 회복된다. 근육통을 쉽게 다스리려면 부작용이 적은 약물로 대치할 필요가 있다. 고혈압이나 위궤양은 쉽게 치유된다. 만성 동통치료를 위해 진통제인 아세트아닐리드를 사용한다. 이는 아스피린이나 이부프로펜과는 달리 위장장애의 위험은 있으나 혈압상승과 같은 위험은 적다. 두통이 심할 때에는 의사의 조언을 얻는 것이 바람직하다. 편두통은 올바른 약물사용으로 매우 쉽게 그리고 효과적으로 치료된다. 습관성이 의심되는 약은 4개월 이상 복용하지 말아야 한다.

습관과 관습

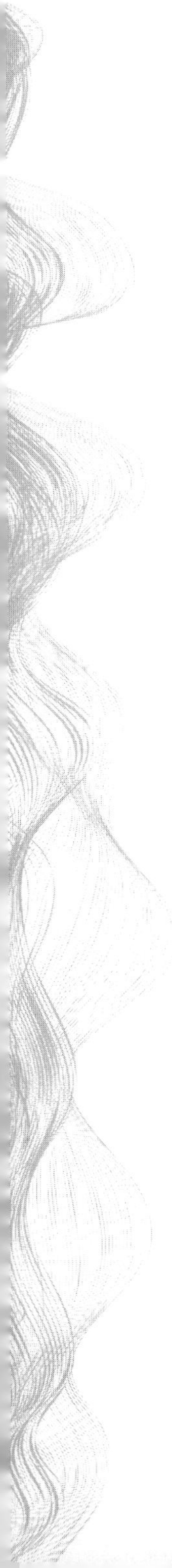

습관과 관습

관습(custom), 풍습, 그리고 습관(habit)은 교차사용이 가능할 뿐만 아니라 형성과정도 매우 유사하다. 하지만 그들 사이에는 의미 있는 차이가 있다. 우선 습관과 관습을 두고 생각해보자.

학습현상으로서의 습관

습관에는 관습과 같이 보다 긍정적 의미가 내포되어 있다. 습관은 고의성이나 사고과정을 거치지 않고 습득한 기능이다. 이는 자동적으로 특정한 사태에 직면할 때 자연스럽게 나타나는 학습행동이다. 즉 습관은 개인의 행동특성이다.

습관은 비교적 선천적 요소 없이 보다 쉽게 수행하는 행동이다. 보통 성인의 일과는 자연스럽게, 자유롭게, 그리고 자동적으로 수행된다. 아침에 일어나면 산책을 하고, 샤워를 하고, 아침신문을 훑어 보고, 아침을 먹고, 차를 타고, 출근을 한다. 이것은 보통 성인의 일상적인 생활이다. 이러한 행동들은 모두 자동적으로 심리학적으로 생리학적으로 매우 쉽게 이뤄진다. 이것이 습관적 행동이다.

이와 같은 습관적 행동에는 어려움이 따르지 않는다. 만일 이러한 행동을 할 때마다 새롭게 생각하고 행동해야 한다면 우리의 생활은 적지 않게 어려울 것이다. 습관적으로 이뤄지지 않으면 어떤 행동도 수행할 수 없을 것이다. 습관은 제2의 천성이다. 이들은 영원히 지워지지 않는 반응행동이다.

습관은 학습을 통해 습득한 것이다. 우리는 어떤 행동을 할 때 특정한 방법에 따라 일정한 과정을 거쳐 사회적으로 수용될 수 있게 행동한다. 우리는 유사한 사태에 직면할 때마다 동일한 방법으로 되풀이한다. 시간이 지나면서 한 행동이 반복적으로 되풀이되면 그것은 곧 행동이 된다. 이 행동은 자동적으로 수행되며 특별한 생각을 요구하지 않는다.

인간은 일찍 습관습득을 위한 특정한 행동규칙을 학습해나간다. 그들은 행동습관을 습득하면서 그 행동을 조직화하고 강화해나간다. 주로 아동기에 대부분의 습관의 기초가 형성된다. 습관을 통해 아이들은 자신이 필요한 행동을 선택하고 그렇지 못한 행동은 버리게 된다.

습관에는 긍정적 기능이 있다. 우리 삶의 기제는 불필요한 에너지 소비를 긍정적으로 수행하기 위해 소모적 사고를 배격한다. 이를 반복적으로 행동한다. 이 행동은 깊은 사고를 필요로 하지 않지만 사고를 멈추지 않는다. 즉 소모적 사고를 하지 않을 뿐이다.

우리 생활은 여러 가지 행동의 연쇄과정이다. 우리가 행동할 때마다 새롭게 사고한다고 해서 일이 보다 순조롭게 이뤄지지 않는다. 오히려 일의 진행과정이 손상되는 경우가 생긴다. 이처럼 습관은 어떤 과제를 수행하는데 필요한 에너지를 절약하는 기능이 있다.

모든 사람에게는 서로 다른 여러 가지 습관이 있다. 그 습관 가운데에는 바람직한 것도 있고 그렇지 못한 것도 있다. 바람직한 것은 신장되고, 그렇지 못한 것은 자연스럽게 혹은 사회적 규범에 따라 수정되고 변화된다. 음주나 흡연이 이에 속한다. 과도한 음주나 흡연은 개인, 가정, 그리고 집단에 크고 작은 부정적 영향을 준다.

낡은 습관을 새로운 습관으로 대치하는 것은 매우 어렵다. 심한 흡연자의 흡연습관은 쉽게 고쳐지지 않는다. 이는 스스로의 주의집중력과 강한 의지의 작용을 필요로 한다.

사회적 현상으로서의 관습

관습은 일차적으로 과거 실천 혹은 실행의 산물이다. 전통과 마찬가지로 어떤 집단의 생활습관은 통제규범으로 세대 간에 이어지는 특성이 있다.

습관은 습관을 형성하고 습관이 곧 관습을 형성한다. 습관에 의해 관습이 형성되는 것은 사실이지만 관습에 의해 형성되는 습관이 있고 이것이 관습에 의해 유지되는 사례가 있다. 예를 들면 일몰 전에 식사를 하는 경우가 바로 이것이다. 관습이 습관을 형성하고 습관이 관습을 형성하는 것은 의미있는 사회적 조직화의 한 측면이다. 관습은 한 세대에서 다음 세대로 이어지는 행동방식으로 사회적으로 용인되는 행동양식이다. 관습에는 민족의 특성이나 사회적 풍습 등이 함축되어 있다. 이는 우리들의 습관과 매우 유사한 의미를 갖는다.

하지만 관습은 습관과는 매우 큰 차이가 있다. 습관은 어디까지나 개인적 현상이고 관습은 어디까지나 사회적 현상이다. 관습은 사회적 규범의 영향을 기반으로 형성된 것으로 사회적 규범의 기초형성에 큰 영향을 준다. 관습은 사회적 행동의 규칙이며 기준이다.

규칙은 두 가지 정서적 의미에 의해 뒷받침된다. 첫째는 센티멘트 혹은 집단적 정서성향이고, 사회가 요구하는 욕구들이다. 둘째는 합리적 요소로서 그 의미가 매우 불분명하게 보이나 실제로 질서의 중요성과 사회적 환경이 기대하는 지식의 필요성을 의미한다. 그 외에 사회적 감정의 군집을 생각할 수 있다. 사회적 규칙에의 순종은 개인의 사회생활에 있어서 가장 기본적 요건이다. 이를 통해서 자신의 집단의존의 욕구를 실현시킬 수 있다.

관습은 오랜 기간을 두고 형성되었을 뿐만 아니라 습관에도 여러 가지 유형이 있듯이 관습도 유사한 유형으로 구성되어 있다. 대표적인 것이 민족이다.

일반적으로 관습은 습관을 바탕으로 형성된다. 하지만 습관과는 무관한 관습도 있다. 과부가 상복을 입는 것은 자기의 남편이 세상을 떠났음을 상징하는 관행이다. 습관과는 무관하다.

관습은 오직 사회적 관계로서만 존재한다. 개인은 외적으로 시인하는 존재로만 생각한다. 관습은 일종의 집단과정으로 법적으로 정해진 것도 아니고 그것을 준수할 것을 법문으로 명시한 것도 없다. 그렇지만 관습은 모든 사람들이 준수한다. 이것이 습관과는 크게 다른 점이다.

관습은 관습에 의해서 유지된다. 집단적 강요에 의해서 형성되는 것이 아니다. 생일, 결혼, 장례에 참여하는 것이 대표적 관습이다. 이런 예시를 통해 서로가 사회적 관계를 형성하고 그것을 존속시키는 것이 하나의 관습이다.

습관과 중독

습관과 중독

우리 주위에서는 습관이라는 단어와 중독이라는 단어가 매우 일반적으로 서로 교차적으로 사용되고 있다. 이들은 마치 두 단어가 갖는 의미가 동일한 것으로 생각하고 사용하고 있는 것 같다. 실제로 용어 사이에는 일상적으로나 기술적으로 큰 차이가 있다. 습관에는 긍정적 의미와 부정적 의미가 있지만 중독에는 부정적 의미만 있을 뿐이다.

습관과 중독을 구분하는 기준은 습득한 행동의 변화에 소요되는 시간과 노력의 정도이다. 습관적 행동의 변화는 최소한의 노력과 시간에 의해서 가져올 수 있다. 하지만 중독의 변화는 많은 시간과 노력이 소요된다. 중독은 건강, 대인관계, 그리고 여러 가지 일상생활에 영향을 준다. 그래서 변화에는 많은 시간과 노력을 필요로 한다.

습관과 중독의 차이는 다른 측면에서도 발견할 수 있다. 이 두 가지 행동은 일정한 시간간격을 두고 이뤄진 결과의 산물이다. 마치 자신의 일상생활 계획처럼 이뤄진다. 하나의 습관은 일종의 중독행동으로 생각할 수 있다. 그러나 증상이 크게 다르다. 일단 중독에 빠지게 되면, 특히 물질중독에 빠지게 되면 신체적으로 일시적 쾌감과 만족감을 느낀다. 중독은 생리적 현상으로 약물을 복용한 뇌에서 보상중추가 활성화되어 정서적 불쾌감에서 해방될 수 있다. 예를 들어 매일 아침에 일어나면 양치질을 한다. 이를 통해 상쾌한 기분을 경험한다. 이와는 달리 규칙적으로 술을 마시면 기분이 좋아진다. 적당한 양의 술은 건강에 긍정적 영향을 준다. 그러나 불쾌감, 우울증에서 벗어나기 위해서 이런 행동을 하면 그것은 곧 중독으로 이어진다. 개인은 술을 마시는 순간 불쾌한 정서에서 해방된다. 쾌락 추구를 위한 음주는 뇌와 부정적 정서 간에 신경통로가 형성되고 그 순간부터 부정적 정서는 더 많은 양의 술을 갈구하게 된다. 이러한 욕구충족을 위해 어떤 행동을 취하게 되면 그것은 자신이 그 물질에 중독되었음을 스스로 확증하는 것으로 생각해도 된다.

중독에는 여러 가지 부정적 증후가 수반된다. 알코올에 중독되면 음주가 불가능할 때에는 스트레스에 압도당한 것과 같은 기분에 사로잡힌다. 지나친 약물복용이나 음주는 개인이나 주위사람들의 생활을 황폐화시킨다. 하지만 그에게 황폐화된다는 사실을 조언하는 사람이 없다. 그래서 그들은 어느 누구의 조언도 받을 수 없거나 어려워진다. 이러한 환경에서는 중독자가 스스로 공공기관에 소속되어 있는 전문가를 찾아가서 조언을 듣고 치료를 받는 것이 가장 바람직하다. 만일 복용하는 약을 끊을 수 없다고 생각하거나 또 그것이 자신의 생활에 부정적 영향을 준다고 생각되거나 위험한 사태에 노출된다는 것은 곧 중독상태에 빠진 상태라는 것을 의미한다.

습관은 빈번하게 되풀이되는 행동으로 뇌의 기능에 의해 자동적으로 수행된다. 중독은 강박적으로 약물섭취나 행동을 되풀이하는 상태가 중단되거나 뜻대로 되지 않을 때에는 공포감에 사로잡히게 된다. 습관은 스스로 통제될 수 있고 수정될 수도 있지만 중독은 스스로 통제될 수 없고, 치료하는 것도 불가능하다. 이는 전문가의 도움이 절대로 필요하다. 전문가만이 잘못된 행동이나 습관을 수정할 수 있다.

습관과 중독의 차이점을 발견하기 위해 전문가들의 논쟁은 오래 전부터 활발하게 이뤄지고 있다. 두 행동의 차이는 매우 미세하다. 그래서 습관이 곧 중독으로 변형될 수도 있다. 두 행동의 차이를 보다 정확하게 이해하기 위해서는 두 행동을 분리해서 생각해 볼 필요가 있다.

「*Merriam Webster Dictionary*」에서는 습관을 빈번한 반복이나 일정한 규칙에 따라 일어나는 생리학적 노출현상이라 한다. 이렇게 습득된 행동은 불수의적으로 일어난다. 이것이 곧 습관이다. 이는 행위자도 자기 스스로 그러한 행동을 하고 있다는 것을 각성하지 못한다.

습관에는 긍정적인 것도 있고 부정적인 것도 있다. 부정적 습관이라 할지라도 그것은 파괴적 특성은 없다. 반복적으로 나타나는 행동은 뇌에 자동적으로 저장되어 신체에 신호를 보내게 된다. 이 신호에 따라 개인의 행동은 반복된다. 중독은 습관성이 있는 물질, 예를 들면 헤로인, 니코틴, 혹은 알코올을 사용하고 강박적 욕구를 일으킨다. 이들 약은 섭취하다가 중단하였을 때에는 감내성과 같은 생리적 증후가 뚜렷하게 나타난다. 유해하다는 것이 널리 알려져 있는데도 불구하고 강박적으로 지속적으로 그 약물을 섭취하는 것이 약물중독자의 특성이다.

중독은 일종의 극단적 형태의 습관이다. 아주 미세한 특징은 복용자가 통제할 수 없다는 것이다. 대부분의 중독자들은 자신이 어떤 물질에 중독되었다는 것을 알아도 자기의 의지로 약물을 중단할 수도 없고 생활을 변화시킬 수도 없다. 중독되면 환자는 그 물질을 얻기 위해 온갖 노력을 한다. 중독은 복용하는 물질을 중단하였을 때 심한 금단증후가 수반된다. 또한 개인의 기억, 의사결정기능, 그리고 학습능력에도 큰 영향을 준다. 습관은 자신의 의지로 변화시킬 수 있고 수정할 수 있으나 중독은 그 생활을 변화시킬 수 없고 그 행동을 자기의 노력으로 변화시키거나 수정할 수도 없다. 반드시 전문가의 도움을 필요로 한다. 습관은 자기가 만난 사람을 통해 또 자신의 의사결정에 따라 변화시킬 수 있고 수정할 수도 있다. 그러나 중독은 자기가 복용하는 물질이 없을 때에는 매우 심한 고통을 피할 수 없다. 이처럼 중독에는 위험이 따른다. 심신이 쇠약해지고 장기간 지속되면 죽음에 이르게 된다.

모든 사람에게는 자기 특유의 습관이 있다. 그 습관 가운데는 좋은 것도 있고 나쁜 것도 있다. 여기서 습관과 중독은 구별되어야 한다. 어떤 사람은 밤늦도록 컴퓨터 작업을 한다. 하지만 다음 날 아침에 일어나서 그날의 과제를 차질 없이 수행한다. 이런 사례는 전혀 문제가 될 것이 없다. 또 이것을 중독 상태에 빠진 것이라고 생각할 수도 없다.

체중이 크게 불어난 사례를 두고 생각해보자. 그는 자신의 체중이 늘어난 것 알고 심한 운동을 한다. 그가 어느 날 운동하다가 상처를 입었다. 보통사람은 그 상처가 운동에서 생긴 것이라고 생각한다. 그는 운동을 잠시 중단한다. 하지만 운동중독자는 운동을 중단하거나 운동량을 줄이지 못한다. 신체손상이 운동에 의한 것이라 깨닫지 못한다. 결국 운동을 지속한다. 다이어트를 하는 사람 가운데에는 자기의 건강을 끼칠 정도까지 많은 음식을 섭취한다. 자신의 의지만으로는 식욕을 조절하는 것이 불가능하기 때문이다. 정상인은 자기의 건강을 위해 적절한 양의 음식을 섭취한다. 자신의 의지로 음식양을 조절할 수 있고 음식종류를 선택할 수 있기 때문이다. 그러나 중독자는 자신의 의지에 따라 음식의 양을 통제하고 음식물을 선택하는 것이 불가능하다.

습관은 무의식적으로, 그리고 자동적으로 이뤄지는 반복적인 활동이나 행동을 의미한다. 행동이 뇌 속에 기록될 때까지 자동적으로 반복한다. 즉 습관은 무의식적으로 또 반복적 과정에 의해서 수행된다. 이 과정은 자신의 의지에 의해 자유롭게 통제가 가능하다. 이것은 중독과는 거리가 먼 행동이다.

그러나 중독의 경우에는 다르다. 중독은 자신이 하고 있는 행동을 경감하거나 포기하려고 노력해도 뜻대로 되지 않는다. 지속적으로 하던 일을 지속한다. 신체에 부정적인 영향을 준다는 사실을 잘 알면서도 화학물질인 약을 복용하는 물질중독자가 이 부류에 속한다. 중독은 신체적 증후로 나타나는 것도 있고 정신적으로 나타나는 것도 있다. 중독자는 자신의 행동이 자기에게 유해하다는 사실을 잘 알면서 자신의 의지로 자신의 행동을 중지시키거나 바꿔보고 싶어도 뜻대로 되지 않는다.

행동중독은 개인의 기분과 정서에 영향을 주어 곧 의기충전상태 혹은 병적쾌감상태에 빠진다. 이와 같은 증상은 약물중독자가 경험하는 것과 크게 다름이 없다. 약물중독과 같이 행동중독의 의기충전상태는 생리적 기반에서 이뤄진다. 즉 행동중독자가 중독행동을 하게 되면 뇌에서 세로토닌 혹은 아드레날린이 분비되고 그 결과 약물중독자가 경험하는 것과 같이 강박적으로 음식을 갈구하기도 하고 성행동을 추구하기도 한다.

약물중독자와 같이 행동중독도 주의사람들을 해치는 행동을 하는 수가 있다. 불행하게도 행동중독의 원인은 확실하게 알려진 것이 별로 많지 않다. 개인의 정신적 상태, 사회적 환경, 그리고 성장배경은 행동중독을 유발하는 주요 요인으로 널리 알려져 있다.

가장 일반적으로 알려진 원인은 유전적 원인이다. 부모 가운데 어느 한 쪽 혹은 양쪽이 중독자일 때 그들의 후속에서 중독자가 될 확률은 통계적으로 매우 높다. 하지만 이러한 조건 하에서 태어난 아이들 가운데 중독자가 나타나지 않은 사례도 많이 있다. 물질중독이나 행동중독의 유전기제는 매우 복잡하다.

하지만 한 가지 분명한 사실이 하나 있다. 어떤 유형의 중독의 경우이든, 즉 약물중독이든 행동중독이든 어떤 행동이 일어나면 뇌의 보상중추는 활성화된다. 약물을 섭취하거나 컴퓨터에 몰입하면 뇌의 보상중추에서는 유사한 행동이 활성화된다.

뇌는 자극을 받으면 기분 좋은 화학적 물질을 분비한다. 그러므로 개체는 이와 같은 좋은 기분을 주는 물질을 지속적으로 추구하게 된다. 결국 개인의 삶의 본능까지도 포기해버리는 경우에 이른다. 이들은 자신에게 문제가 있다는 사실을 깨닫고 행동을 중단하려고 시도하지만 자신의 의지로는 통제가 불가능하다. 그들의 주위사람들은 그가 자기 스스로 자멸적 행동을 지속하고 있다는 것을 확실하게 발견해 낼 수 있다.

인간의 생활은 어떤 면에서는 강박적 행동의 산물로 볼 수 있다. 자신의 삶을 위해 음식을 섭취한다. 자신과 자신의 가족을 부양하기 위해 돈을 번다. 후손을 얻기 위해 결혼을 한다. 이것들이 모두 자신에게 쾌감을 주고 만족감을 준다. 이와 같은 주기는 반복적으로 자연스럽게 이뤄진다.

행동중독자는 쾌감을 성취하기 위해 자신의 시간과 에너지를 쏟아 붓는다. 결과적으로 가정을 파탄시키고 경제적 위기에 직면하게 만든다. 개인의 중독경험은 신체적, 정신적, 혹은 사회적 기능에 손상을 주는 행동, 대상, 행동은 어느 것이나 중독을 유발하는 원인으로 작용한다. 이런 원인을 제공하는 사태에 직면하게 되면 그에 중독되기도 하고, 그에 의존하기도 하고, 그것을 강박적으로 갈구하기도 한다.

여러 가지 화학적 물질, 예를 들면 알코올에 대한 신체적 중독과 강박적 도박, 성, 과도한 신체적 운동, 쇼핑에 대한 심리적 의존성은 매우 유사하다. 이들 행동에 의해 뇌에서는 엔돌핀이 분비되어 개인의 기분을 각성시킨다. 이러한 기분상태가 장시간 지속되면 중독 사이클이 형성된다. 이렇게 되면 개인은 베터-엔돌핀에 중독되어 웰빙감정에 사로잡히게 되어 그 상태를 지속적으로 유지하고 싶어 한다. 이는 곧 중독성으로 변하고 강박적으로 그리고 자기 파괴의 행동으로 발전한다.

문제는 행동중독자는 그것을 어느 시점에서 중단할 것인지를 알지 못하는 데 있다. 알코올, 헤로인 혹은 바르비투르약제에도 심리적 효과가 내포되어 있다. 헤로인 중독자의 약물중단에는 신체적 금단 증후가 따른다. 이와 같은 반응은 알코올의 경우도 마찬가지로 알코올 중독자가 알코올을 섭취하지 못하게 되면 신체적 금단 증후에 사로잡히게 되고 그에 대한 심한 두려움을 겪게 된다. 이와 같은 증후는 약물이나 알코올을 끊은 몇 해 후에도 다시 되살아난다. 약물이나 물질에 대한 의존 증후는 쉽게 치유되지 않고 상당기간 오래 지속된다. 이와 같은 사실을 보면 물질중독과 약물중독은 매우 유사한 공통점이 있다는 사실을 알 수 있다. 그러므로 두 가지 중독, 물질중독과 행동중독은 분리시켜 생각할 수 없다.

습관, 강박적 행동 그리고 중독

우리들의 습관, 강박적 행동, 그리고 중독의 기저에서는 공통점이 많다. 하지만 기저의 기제에는 특이한 점도 있다. 특성을 이해하는 것이 치료와 진단에 큰 도움이 된다. 습관은 강박적 행동인가, 중독인가, 이들은 어떤 관계가 있는가, 습관, 강박적 행동 그리고 중독은 엄격하게 구분이 가능한가? 이에 대한 답을 얻기 위해 이들이 가지는 특성을 살펴보기로 하자.

습관은 의식적으로 인지되지 않은 반복되는 행동이다. 습관은 자신의사와 무관한 반복행동이다. 1903년 미국심리학회는 「*The American Journal of Psychology*」에 습관에 대한 공식적 입장을 "다소 유연성이 결여된 사고, 의지, 감정으로 이는 이전의 경험을 통해서 습득된 것이다"라고 밝혔다. 즉 습관은 선천적인 것이 아니라 일상경험을 통해 습득되는 행동이라는 점을 강조하고 있다. 습관의 이면에 숨겨진 행동은 어떤 것이나 신경통로에 각인된다. 그러므로 새로운 습관을 형성하기 보다는 이미 습득한 습관을 수정하기가 더 어렵다.

새로운 습관은 일관성 있게 반복함으로써 어렵지 않게 습득된다. 어떤 행동이나 보상을 받거나 보다 긍정적 감정을 경험하게 되면 습관고리가 형성된다. 일단 고리가 형성된 습관행동은 자동적으로, 그리고 무의식적으로 작동한다. 많은 연구자들의 주장에 따르면 우리들의 일상생활의 40%는 동일한 상황에서는 습관적으로 이뤄진다고 한다. 코를 훌쩍거리는 것, 손톱을 깨무는 것, 말을 더듬는 것은 습관적으로 이뤄진다. 밤에 취침 전에 자명종시계의 시간을 고정하는 것, 외출할 때 자물쇠를 채우는 것도 습관이다. 더 깊이 들어가 보면 이와 같은 습관적 행동은 긴장, 불만, 욕구불만과 무관할 수 없다. 안절부절 못하는 버릇, 과잉지출, 일을 지나치게 미루는 것은 바람직하지 못한 나쁜 습관이다.

습관, 강박적 행동, 그리고 중독은 의지력에 의해서 특성이 결정된다. 만일 자신의 행동을 의지적으로 충분히 통제가 가능하다면 그것은 습관이다. 이 점이 습관에 대한 현대적 인식과 다르다. 습관적 행동은 의지력에 의해 충분히 통제가 가능하다. 이와는 달리 자신의 행동을 의지적으로 중단하거나 그 빈도를 경감시키는 것이 불가능하다면 이는 강박적 행동 혹은 중독행동이다. 강박적 행동은 자신의 의지로 방어가 불가능하다. 미국정신의학회는 강박적 행동을 "강박적 관념에 따라 행동하는 반복적 행동이나 혹은 정신적 행동, 이는 개인의 불쾌감을 경감시켜주기도 하고 공포상황을 피하는데 도움을 준다. 상태가 심한 경우 관행적 행동을 하루 종일 지속하기도 한다. 강박적 행동은 근심걱정을 경감시킬 수는 있으나 정상적인 관행으로 회복되는 것은 불가능하다"라고 정의하고 있다.

오염이나 부실한 청결상태에서 오염되지는 않을까 하는 공포가 심하다. 이를 벗어나기 위해 항상 주변을 깨끗하게 청소한다. 하루 생활에서 손을 씻는데 소비하는 시간을 많이 보낸다. 이러한 반복적인 행동이 심하다. 사람의 이름을 부르기도 하고 글귀를 반복 암송하기도 한다. 외출할 때에는 창문은 잠겨있는지, 가스불은 꺼져있는지를 반복 점검한다. 이는 불안해소의 한 수단이다. 이러한 행동이 중단되면 곧 불안해진다.

자신이나 남의 행동을 지속적으로 점검한다. 자신의 행동이 자신이나 남에게 어떤 해를 끼치지는 않을까 하는 두려움이 많다. 자신의 출퇴근했던 코스를 살피는 버릇이 있는 사람이 있다. 이는 자신에 의해 교통사고를 당하는 사람은 없었는지 확인하기 위해서이다. 자신의 소유물, 예를 들면 철이나 가구들의 정리정돈에 병적으로 신경을 쓴다. 책상위의 책이 흐트러져 있거나 가구정돈이 되어 있지 않은 것을 보면 심한 불쾌감을 느끼기 때문이다.

머릿속에 강박적 사고가 축적되면 그것이 행동으로 표출된다. 이럴 때에는 스스로 문제를 해결하기 위해 행동으로 옮긴다. 이는 개인이 불안에서 벗어나는데 도움이 되기는 하지만 불안 강박적 행동에 의해 불안의 수준이 높아지기도 한다. 강박적 행동은 전문가의 도움이 없이는 극복하기가 매우 어렵다. 강박적 행동에서 자기 스스로 벗어나고 싶어서 노력해도 뜻대로 되지 않은 장애가 강박적 장애이다. 강박적 장애는 자신의 강박적 행동을 자신의 의지로 통제하는 것이 불가능하다. 그들은 자신의 행동이 자신에게는 물론 남에게 큰 피해를 준다는 것은 잘 안다. 그래서 그것을 중단하고 싶지만 뜻대로 되지 않는다. 결국 유해물질을 섭취하거나 도박을 하게 된다.

미국의 약물오용연구소는 중독을 "중독은 만성적으로, 혹은 빈번하게 재발하는 뇌의 질병이다. 중독자는 자신은 물론 중독자 주위의 사람들에게 해를 준다는 사실을 잘 안다. 하지만 그것을 자신의 의지로 극복하지 못하고 강박적으로 반복한다. 결국 중독자는 자기의 뜻에 따라 물질을 섭취하거나 도박을 반복한다. 즉 자기 스스로 통제하지 못하고 지속적으로 물질을 사용하거나 행동을 반복한다. 이것이 곧 중독이다"라고 정의하였다.

이처럼 중독은 개인을 생리적으로, 심리적으로, 정서적으로 퇴폐시키는 일종의 정신질환이다. 중독자는 물질사용의 충동을 억제하는 기능이 결여되어 있다. 그들은 그 물질복용이 자신을 퇴폐시키고 주위의 사람들의 행동에 큰 영향을 주며, 반복적으로 재발한다는 사실은 충분히 인지하고 있다.

중독은 뇌의 생리적 구조를 퇴화시키는 정신병이다. 뇌의 신경화학적 기능의 손상이다. 뇌 속에서 일어나는 신경전달물질의 활동과 중추신경계통의 활동을 저지한다. 중독성 물질과 행동은 뇌의 보상중추의 정상활동을 차단한다. 지나치게 많은 양의 약을 복용하게 되면 음식섭취, 성행동과 같은 자연보상인 도파민의 양을 2~10배 이상 배출한다. 이 신경전달 물질은 정서적 활동, 동기, 쾌감을 통제한다.

중독, 습관, 강박적 행동에는 차이점과 유사점이 있다. 중독의 행동은 독자적 행동만으로 볼 수 없다. 보다 과학적인 입장에서 보면 습관은 일종의 강박적 행동이다. 강박적 행동이 습관적으로 행해지는 것을 볼 수 있다. 예를 들어 식사 후 이를 닦고 손을 씻는 것은 습관적 행동이다. 하지만 그것은 심리적으로나 의식적 관점에서 보면 강박적 행동에 대한 보상으로 생각할 수 있다.

습관은 강박적 행동과는 달리 자기 스스로 결심하면 변화할 수 있다. 이것이 강박적 행동과 크게 다른 것이다. 습관과 강박적 행동은 그 진행과정이 매우 유사하다. 이들이 특정한 화학적 물질에 대해 의존성이 생기면 곧 중독으로 이어진다. 예를 들면 가족과 함께 저녁식사에 맥주 한두 잔을 즐겨 마시는 것은 습관이다. 아무런 질병이 아니다. 도리어 건전한 식사습관이다. 그러나 우울한 기분을 전환시키기 위해 혹은 부정적 감정에서 벗어나기 위해 많은 양을 마시는 것은 중독이다. 강박적 행동과 중독은 마시고 싶은 물질이나 즐기고 싶은 활동을 통제하는 것이 불가능하다. 그러므로 상담자나 전문가의 치료나 상담을 받아야 한다. 치료자나 상담자는 습관, 강박적 행동, 그리고 중독의 공통점에 대한 많은 지식을 가질 필요가 있다. 이를 바탕으로 처방한 약을 선택할 수 있고 그것이 뇌와 신체에 주는 영향을 예언할 수 있다.

습관에서 중독으로

습관에 젖은 대다수는 중독으로 이어진다. 약물복용자의 20~30%가 중독자가 되는 것을 보면 잘 알 수 있다. 중독자는 습관에 젖은 사람과는 달리 자신의 행동이 자기에게 해롭다는 사실을 알지만 그것을 자신의 의지로 절제하거나 끊지 못하고 지속한다. 물질복용자는 계속해서 물질을 섭취하고 도박을 즐기는 사람은 도박을 지속한다. 그들의 행동은 건강을 심하게 해치는 결과를 가져 온다. 이와 같은 사실의 원인은 어디에서 찾을 수 있을까?

「*European Journal of Neuroscience*」(2014)에 개제된 Barry Everitt(케임브리지대학 심리학 교수)의 주장에 의하면 습관과 중독은 신경과정과 학습과정의 기능장애라고 한다. 약물을 병적으로 갈구하는 것은 일종의 목적 지향적 행동으로 궁극적으로는 자신이 원하는 약물을 얻게 된다. 이와 같은 연합과정을 중재하는 것은 선조체의 후내방 영역이다. 이는 보상과정을 지배하는 뇌의 영역으로 네크로트렌스미터 도파민을 방출한다. 이 과정에서 약의 효과를 경감시키는 기능이 떨어지면 물질추구의 행동기능도 떨어진다. 기대했던 기능이 떨어지면 그에 대한 지속적 탐색의 동기도 함께 떨어진다.

장기오용자의 절하평가 결과는 활동수준을 경감시키지 않는다. 그들은 만성적으로 약을 사용하게 되며 연합학습과 기능은 눈에 띄게 상승한다. 이 과정은 자극-반응의 과정으로 조건자극은 여러 가지 환경적 자극의 기능을 한다.

목적 지향적 행동은 필연적으로 습관적 반응을 일으킨다는 것이 Everitt교수의 주장이다. 이와 같은 이차적 학습은 뇌의 선조체의 내부에서 수행된다. 이는 감각근육기능을 통제하는 대뇌피질과 연결되어 있다. 학습과정을 뒷받침하는 것은 신경기제이다. 즉 학습과정은 선조체를 혼합하는 두 개의 도파민 신호체계의 변화와 깊은 관계가 있다.

충동성에 의해 약물 오용자는 중독에 빠지게 된다. 충동성 수준이 높은 약물 복용자는 쉽게 중독으로 이어진다는 객관적 증거도 많이 있다. 하지만 습관적 약물 복용자 가운데에도 중독으로까지 가지 않는 사례도 많이 있다. 이는 어떻게 설명해야 할까?

중독은 신경조직의 활동, 혹은 심리적 활동의 산물이지만 다른 활동의 산물로도 볼 수 있다. 뇌의 보상중추계통을 통제하는 특수도파민수용기의 손상은 습관적 약물추구기능이 활성화되면서 약물탐색영역의 유연성이 활성화되고 이는 곧 약물탐색의 행동을 촉진시킨다.

약물중독을 야기하는 약물을 우리 주위에서 쉽게 발견할 수 있다. 대표적인 것으로 SSRIS이다. 이는 매우 일반적인 항진정제로서 뇌 속의 세로토닌 분비를 촉진시킨다. ADHD의 충동성행동을 치료하는 약제로 널리 쓰이는 아토목세틴을 생각할 수 있다. 보다 새로운 약제로 기억력 통합에 도움이 되고 재발을 방지하는 기능을 하는 것이 보통이다. 이전의 약물경험이 환경단서와 단절이 되면 약물탐색의 활동이 중단된다.

중독

중　독

자신의 의지로 자신의 행동을 통제하지 못하는 것이 중독이다. 기감과는 무관하게 특정한 음식을 먹고 싶은 욕구, 지나치게 많은 시간을 인터넷 게임으로 즐기고 싶은 욕구, 사무실이나 가정생활에 영향을 줄만큼 많은 시간을 필드에서 머물고 싶은 욕구가 강한 사람이 있다. 이들은 자신의 욕구가 자신에게는 물론, 자신이 속해있는 지역사회에 크게 도움이 되지 않는다는 사실을 인지하지만 자신의 의지로 그것을 조절하지 못하고 자신의 힘으로 감당할 수 없는 사태로 몰고 간다. 이것이 곧 중독이다.

우리들은 중독하면 아편이나 알코올 등에 의한 중독을 생각하게 된다. 이와 같은 생각이 틀린 것은 아니다. 이것은 물질이나 약물에 의한 중독의 일부이다. 이를 물질중독 혹은 약물중독이라 부른다. 물질이나 약물에 의한 중독과는 전혀 성격을 달리하는 중독도 있다. 병적인 운동, 인터넷 게임, 도박에 의한 중독이다. 이것은 행동중독으로 물질중독과 함께 중독으로을 크게 분류된다.

전통적으로 중독은 주로 물질이나 약물에 의한 것으로 생각한다. 약물중독은 혈관과 뇌의 기능에 영향을 주어 뇌의 화학적 기능에 변화를 일으킨다. 이런 변화에 직접 관계되는 것은 알코올을 비롯해서 많은 물질이 포함된다. 도박, 성, 인터넷, 일, 운동 등에 의한 중독은 행동중독으로 이들 중독에도 물질적 중독에서 나타나는 죄의식, 수치심, 실망, 우울증과 같은 증후가 수반된다. 어느 것이나 자신의 의지로 통제가 불가능하다.

일반적으로 중독의 뿌리는 습관에서 찾을 수 있다. 습관은 대개의 경우 중독으로 이어진다. 습관은 자신의 선택에 의해서 굳혀진다. 습관은 자신의 의지에 따라 통제가 가능하다. 마음만 먹으면 자신이 마음먹은 대로 성공적으로 중단할 수 있다. 하지만 중독은 그렇지 못하다.

중독의 원인은 심리적인 것과 물리적인 것으로 구분된다. 어떤 원인이든 다른 사람의 도움이 필요하다. 도움 없이는 자신의 문제를 해결하기가 어렵다. 또한 시간과 장소에 따라 크게 달라진다. 그러므로 그 본질은 이해하기가 쉽지 않다.

중독은 신체적, 정신적, 그리고 정서적 요인의 통합 산물이다. 중독에는 의존성이 수반되지만 감내성은 수반되지 않는다. 중독자는 자기욕구충족을 위해 과도한 욕심을 부리는 성격특성이 있다.

중독자는 불법 약제에 의한 것으로 생각하는 경향이 있다. 하지만 놀랍게도 의사가 처방한 약에 의해 중독되어 심한 신체적 고통을 받는 경우도 있다. 2012년 11월 University of Nebraska Medical Center College of Medicine의 연구원들은 의사가 처방한 약의 오용을 전염병과 같다고 주장했다. 오늘날 의사들은 동통을 보다 효과적으로 치료하고 있다고 주장하는데 이는 처방약의 오용결과이다.

중독유발 위험요인은 유전, 성차, 정신장애 등 매우 다양하다. 중독은 가족사와 밀접한 관계가 있다. 가족 중에 중독자가 있으면 중독의 위험성은 매우 높다. 가까운 가족과 유사한 환경에서 생활하기 때문이다. 혈족 간에 알코올의존자가 있는 집단은 그렇지 않은 집단에 비해 알코올의존자가 될 가능성이 6배나 높다.

중독자의 성차는 매우 크다. 여성 물질중독자가 남성 물질중독자보다 훨씬 많다. Mayo Clinic의 조사에 의하면 남성 약물중독자는 여성 약물중독자보다 배가 더 많다고 한다. 정신장애자, 예를 들면 우울증이나 ADHD환자는 약물중독에 빠질 위험성이 매우 높다. 이들은 약물중독에 빠질 위험성이 매우 높다. 자신을 다른 사람과 비교하는 버릇이 있는 사람은 잠재적 약물중독자가 될 가능성이 높다. 이러한 경향은 젊은 연령집단에서 많이 발견할 수 있다. 가족, 부모, 형제에게 강한 애착을 느끼지 못하는 사람일수록 중독에 빠지는 경향이 더 많다. 심한 고독감을 느끼는 사람일수록 보다 쉽게 중독된다. 왜냐하면 그들은 감정을 극복하기 위해 약물을 복용하는데 그것이 곧 중독으로 이어지기 때문이다.

스트레스 수준이 높은 사람이 중독되기 쉽다. 스트레스 극복을 위해 약을 복용하는 기회가 많기 때문에 이는 곧 중독으로 이어진다. 스트레스 호르몬 가운데 알코올 중독과 직결되는 것도 있다.

환자가 복용한 물질에 따라 중독위험수준은 달라진다. 헤로인이나 크랙 코카인은 다른 물질, 예를 들면 알코올보다 쉽게 중독된다. 알코올중독자에 대한 연구에서 최초 알코올 섭취 연령이 낮을수록 중독 발병률이 훨씬 높다는 사실이 밝혀졌다. 이와 같은 특성은 니코틴이나 다른 약물중독집단에서도 잘 나타나고 있다.

또한 섭취하는 물질의 양이 많을수록 중독위험수준은 높아진다. 중독물질의 효과는 항상 일정하지 않다. 그래서 물질을 사용할 때마다 그 감내성이 증가한다. 그러므로 사용자는 같은 양의 약물을 통해서 쾌감을 느끼지 못한다. 그들은 보다 높은 쾌감을 경험하기 위해서 계속해서 약물의 양을 늘린다. 결국 감내성이 증가할수록 중독의 위험은 더 커지게 된다.

약물사용은 뇌의 활동과 밀접한 관계가 있다. 개인이 복용한 약물은 뇌의 활동에 보상을 준다. 빈번한 약물복용은 뇌의 활동 빈도를 상승시킨다. 중독물질, 예를 들면 니코틴이나 알코올은 뇌세포 안에서 생리적 변화를 일으키는데 이 과정에서 신경세포인 뉴런이 시냅스에 신경전달 물질을 보내면 뉴런의 다른 수용기는 그것을 수용해 축적한다. 신경전달물질은 신경세포에서 방출되는 일종의 화학물질로 다른 세포, 기관, 근육, 혹은 조직으로 전파된다. 신경전달물질은 세포와 세포 간에 신경학적 정보를 주고받는 메신저 역할을 한다.

중독의 모델

중독은 자신에게 유해한 결과가 필연적으로 따를 것이라는 사실을 알면서도 강박적으로 보상자극을 추구하는 일종의 뇌장애이다. 이와 같은 중독에 대한 개념은 그 본질을 이해하는데 도움이 되지 못한다. 이는 세 장님이 서로 다른 입장에서 코끼리의 생김새를 주장한 우화와 크게 다르지 않다. 중독의 이론가들의 주장도 우화와 크게 다름이 없다.

중독이라는 용어는 주로 약물의존을 강조하고 있다. 과거 20년동안 중독연구자들은 잠재적으로 중독을 야기하는 행동, 예를 들면 운동, 성, 도박, 비디오테이프, 쇼핑, 그리고 인터넷 중독이 존재한다는 사실을 밝혀냈다. 중독은 물질에서만 야기된다는 주장은 옛이야기가 되어 버렸다. 물질에 의한 중독은 많은 연구가들의 주장의 특수한 경우에 지나지 않는다. 비물질 대상에서도 중독현상은 쉽게 발견할 수 있다. 미국 정신의학회도 2013년 중독이라는 용어를 쓰기 시작하면서 중독을 일으키는 행동을 자세히 소개하고 있다. 더 나아가 중독의 틀을 세 가지 중요한 개념적 틀 –의학적·심리학적·사회적– 에 맞춰 설명하고 있다.

의학적 모델

의학적 모델은 중독을 생물학적 지식을 바탕으로 설명하고 있다. 의학적 현상으로서의 중독에서는 개인의 통제기능의 비중이 크게 강조된다. 통제기능은 유전적 이론과 신경적응이론에 의해서 설명된다. 특히 신경적응이론은 중독의 기제를 설명하는데 매우 일반적으로 사용된다.

중독신경과학이 크게 발전하고 있는 것은 사실이지만 중독은 뇌 질병에 속한다는 주장의 타당성은 수용하지 않을 수 없다. 약의 효과를 수용하는 기제가 뇌 속에 존재한다는 주장은 1960년대에 알려졌고 이는 1973년 Johns Hopkins대학 교수 Solomon Snyder와 Canqance Pert에 의해서 재확인된 바가 있다. 이와 같은 주장을 바탕으로 2010년 Vreco는 중독은 뇌의 질병에 속한다고 주장하였다. 중독이 뇌의 질병이라는 주장은 사회과학자들의 주장과 크게 충돌한다. 이들은 중독은 사회적·문화적 요인에 의해서 결정된다고 주장하기 때문이다.

생물학적 요인은 필연적으로 모든 행동과 밀접한 관계가 있다. 인간의 행동은 화학적 기능에 의해서 영향을 받는다. 하지만 그것만으로 인간의 행동이 결정되지 못한다. 인간의 행동이 약리적 요인과 깊은 관계가 있다고 해서 모든 행동이 정신약리적 요인과 깊은 관계가 있다고 가정하는 것은 비논리적이다. 중독을 의학적 입장에서만 보는 것은 많은 사람의 저항에 직면하게 된다.

모든 중독의 개념을 의학적 지식만으로는 설명할 수 없다. 중독의 진단은 환자의 동기, 의지에 대한 지식을 필요로 한다. 이 조건이 충족될 때 보다 큰 치료효과를 얻을 수 있다. 중독의 의학적 모델은 환자의 생물학적 과정의 특성에 큰 비중을 두지만 보다 효과적인 진단과 치료는 개인의 심리사회적 기능과 환자 개인의 주관적 상태에 대한 지식을 필요로 한다. 중독에 대한 사회과학적 접근을 시도하는 사회과학자들은 중독의 사회학적 지식은 물론 뇌과학의 지식 실험실에서 발견된 사실에 보다 많은 관심을 가져야 한다.

질병모델에 집착하는 사람은 중독과 생리적 의존을 동일시하는 경향이 있다. 이는 여러 가지 물질의 유해성을 평가할 때 보다 확실하게 드러난다. 여기에는 습관성 증대, 욕구증대, 금기현상 등이 내포된다. 하지만 사실은 그렇지 않다. Robin Dunbar 등(2010)은 중독은 사회적·생리적·문화적 요인에 의해 결정된다고 주장한다. 그러므로 중독을 문화적·생물적 현상으로 보는 것이 보다 바람직하다.

중독의 특성은 약리학적 은인과 생리적 은인에 의해서 결정되지만 궁극적으로는 개인의 문화적·개인적 경험의 요인에 의해서 결정된다고 보는 것이 보다 타당하다. 중독은 개인의 문화적, 사회적, 환경적, 발달적, 그리고 인지적 요인에 의해 결정된다는 점을 보다 비중 있게 받아들여야 한다.

심리학적 모델

중독의 실체를 이해하고 그것을 보다 효과적으로 치료하는데 있어서 생물학적 요인이 차지하는 비중이 큰 것은 사실이다. 하지만 이에 못지않게 인간·행동·환경의 상호작용의 효과도 중요하다. 중독은 단순한 생리학적 과정이 아니다. 이는 여러 요인들의 상호작용의 산물이다. 특히 중독에서 심리학적 요인이 차지하는 비중이 크다. 중독은 심리학적 욕구의 산물로 도피의 수단으로 사용되기도 한다.

자기치료 모델에 따르면 중독은 자기 스스로 고통을 치료하고 부정적 정서와 자기의 삶을 통정하는 기술이라고 한다. 이 모델은 중독을 즐기는 사람과 고통으로 생각하는 사람을 설명하는 좋은 이론적 배경이 될 수 있다. 부정적 정서는 중독을 유발하는 주요 원인으로 작용하지만 중독을 유발하는 원인이 아니라 그 결과라고 보는 입장도 있다.

동기모델의 주장자들은 중독은 통제의 상실상태가 아니라 인간 동기의 표출로 보기도 한다. 자기 효험의 신념은 개인이 어떤 곤경에 직면하였을 때 목표와 노력의 정도에 큰 영향을 준다. 만일 중독자가 어떤 자기 효험의 신념을 가졌다면 그의 극복목표와 그것을 극복하는 노력을 하게 하는 기능을 한다. 이때 생물학적으로 유발된 행동을 보다 적극적으로 대처해 나간다. 그것을 자연스럽게 기다리기 보다는 보다 효과적으로 극복하기 위해 인지적 행동자아통정책략을 선택한다. 이는 개인의 중독을 극복하기 위해 욕구충족을 지연시키기도 하고 물질섭취를 위한 동기를 약화시키기도 한다.

사회학자들은 사회적 일탈현상을 의학적으로 해석하는 것에 뜻을 달리한다. 일탈행동의 이해는 과학과 의학의 객관성을 상실하고 있을 뿐만 아니라 어떤 가치도 내포하고 있지 않다고 비판한다. 의사들의 중독에 대한 정의는 의학의 우월성과 헤게모니에 기초를 두고 있다. 약물중독과 행동중독을 사회적 문제로서 사용자와 중독자의 사회적 지위와 밀접한 관계가 있다. 중독의 표찰, 라벨은 개인의 주요 지위이며 핵심적 표시로서 개인의 신분과 직위와 밀접한 관계가 있다.

사회적 모델

사회적 의미에서 보면 중독은 가족, 동료, 매체, 그리고 일탈행동 요인의 결합체이다. 많은 사회학자들은 중독은 문화적·사회적 개념의 통합체로 쉽게 정의될 수 없다고 주장한다. 약물중독자의 행동은 약물사용자의 영향을 크게 받는다. 중독의 경험적 지표는 여러 가지 광범위한 영역에서 발견된다.

중독의 증후

환자가 스스로 느끼거나 기술한 것은 증후이고 의사가 환자에서 얻은 것은 싸인이다.

개인이 알코올이나 나코틴과 같은 물질에 중독됐지만 그것이 자신에게 해를 준다는 것을 잘 안다. 하지만 그 물질사용을 스스로 통제하지 못한다. 이것이 '물질의존현상'이다. 물질의존현상은 물질사용에 대한 갈망이 매우 심한 상태이다. 갈망상태는 전문가의 도움 없이는 중단하거나 통제하기가 매우 어렵다. 이 수준은 사람에 따라 다르다. 가족사에 의한 유전적인 것도 있고 개인의 환경에 의한 것도 있다.

자신의 의지로는 물질사용을 중단할 수 없다. 알코올이나 약물에 중독된 사람이 강한 의지로 알코올이나 약물사용을 극복하려고 시도하지만 성공하지 못한다. 약물이나 물질을 중단하면 신체적·심리적 증후가 나타난다. 공허감과 우울증을 느끼고 분노감과 심한 후회를 느낀다. 갑작스럽게 식욕이 좋아지고 심한 불면증이 온다. 설사와 변비가 온다. 폭력을 행사한다. 발작이 일어나고 환각이 온다. 자신의 신체 이상을 감지하고도 지속적으로 약물을 계속 섭취한다. 예를 들면 폐기능이 악화되어도 금연을 하지 못한다.

중독자는 자신의 문제는 약에 의해서만 해결되는 것으로 믿고 있다. 그래서 자신에게 필요한 양의 물질이 확보되었는지 꼭 확인한다. 자기에게 필요한 물질구입자금을 얻기 위해 도둑질을 한다. 여성은 매춘과 같은 위험한 행동을 한다. 물질을 어떻게 구입하고 어떻게 복용할 것인가 만을 강박적으로 생각한다. 중독자는 자신에게 문제가 있다는 것을 거부하고 취미활동을 중단한다. 물질구입에 사용할 목적으로 돈을 비밀장소, 예를 들면 구석이나 자동차의 한 구석에 보관한다.

진단과 치료

자신의 행동특성은 가족이나 가까운 친구, 그리고 다니는 병원의 의사가 누구보다도 잘 안다. 자신에게 어떤 행동문제가 있다고 느끼거나 주위 사람들의 충고가 있을 때에는 전문 의사나 일차 진료 의사의 진찰과 조언을 받을 필요가 있다. 의사는 여러 가지 정보를 요구한다. 특정한 약물복용의 빈도, 약물복용을 통해서 얻는 감정에 대한 질문을 한다. 이와 같은 질문지를 바탕으로 필요에 따라 전문 의사에게 치료를 의료하기도 한다. 니코틴 중독과 같이 일반 의사의 수준에서 문제해결이 어렵다고 생각되면 약물카운슬러, 임상심리학자, 혹은 정신과 의사의 진료를 의뢰하기도 한다. 이때 환자는 그들의 진료와 조언을 받아들여야 한다.

다음과 같은 증후표에서 세 가지 이상의 증후가 확실하게 나타나면 약물중독으로 진단한다.

1. 감내성의 증가로 약의 효과가 떨어진다. 이전과 같은 효과를 얻기 위해서는 보다 더 많은 약물이 필요하다.
2. 심리적·생리적 금단 증후가 나타난다. 이때 이를 신뢰하기 위해 보다 많은 약을 필요로 한다.
3. 의도했던 것보다 더 많은 양의 약을 복용한다.
4. 빈번하게 약을 끊으려고 시도한다.
5. 약을 취득하기 위해 보다 많은 시간을 소비한다.
6. 약물 사용으로 사회적·직업적 활동을 포기한다.
7. 환자는 자신의 심리적·사회적 문제가 있다는 것을 알면서도 지속적으로 약을 복용한다.

중독의 효과적 치료를 위해서는 환자 자신이 자기에게 약물중독의 문제가 있는 것을 스스로 깨닫는 것이 무엇보다도 중요하다. 다음 단계는 전문가의 도움을 구하는 것이다. 많은 국가에서는 치료를 위해 자조그룹과 전문직업적 봉사기관을 운용한다.

실제 효과적 치료를 위해서는 몇 가지 점이 우선적으로 고려되어야 한다. 실제 어떤 약물에 중독됐으며 그것이 환자에게 어떤 영향을 주는지 고려하여야 한다. 실제 치료에서는 입원치료, 외래치료, 카운슬링, 개별 스폰서 치료, 그리고 투약법을 통합할 수 있다. 약물치료의 기술 외에 심리치료의 기술이 널리 병행된다. 환자와 전문가가 1 : 1로 치료할 수도 있고 보다 긍정적 치료효과를 얻기 위해서는 환자의 가족을 포함시킬 수 있다. 효과적 치료를 위해 동일한 혹은 유사한 문제를 가진 사람끼리 서로 만나는 기회를 갖게 한다. 이것이 자조그룹치료의 한 가지 방법이다. 알코올 어나니머스(AA)와 환각제 어나니머스(NA)가 매우 널리 알려진 자조그룹 치료집단이다. AA는 알코올중독을 경험한 사람들끼리, NA는 환각제중독을 경험한 사람들끼리 중독에 대한 정보를 교환하는 집단이다.

보다 신속한 정보를 얻기 위해 환자의 신체외부에서 중독약물을 활용한다. 이를 위해 약물의 양을 점진적으로 줄여 투여하기도 하고 대체 약물을 투여하기도 한다. 어떤 약물에 의해, 또 어떤 환경조건에서 중독되었는가를 보기 위해 의사는 환자를 외래환자로서 치료할 것인가 혹은 입원환자로서 치료할 것인가를 결정한다. 이것이 금단치료의 주된 목적이다.

금단치료는 환자가 어떤 약물에 의해 중독되었는지에 따라 선택조건이 달라진다. 진정제 중독에는 바르비 투르산염 중독이나 혹은 벤조디아제핀 중독을 포함하며 불안, 불면증, 발한, 안절부절 등과 같은 금단 증후가 뚜렷하게 나타난다. 극히 소수이기는 하지만 전신발작, 환각, 고혈압, 심장박동, 항진과 발열증상이 나타난다. 심한 경우에는 망상이 심하게 나타나는데 생명이 위협 받을 수가 있다. 코카인, 암페타민을 포함하는 흥분제 중독의 경우 금단기간 환자는 피로감, 우울증, 기분장애, 수면장애, 주의집중력의 저하 등이 뚜렷하게 나타난다. 치료를 위해 약물이 투여되기도 한다. 마취를 위해, 혹은 통증제거를 위해 쓰이는 마취제 중독에는 모르핀, 코데인, 옥시코돈, 메타돈 등이 포함된다. 아편제 중독의 금단증후에는 발한, 불안, 코막힘 증후가 가볍게 나타난다. 극히 희귀한 경우이기는 하지만 심한 불면증, 고혈압, 설사의 증후가 수반되기도 한다. 이런 경우 의사는 메타돈 혹은 부프레놀핀을 치료목적으로 처방하기도 한다.

약물과 알코올 중독에는 여러 가지 신체적 합병증이 따른다. 다른 약과 함께 많은 양의 약을 복용했을 때에는 더욱 위험하며 HIV/AIDS나 C형 간염 위험이 높은 사람과 같은 주사기를 공용하면 같은 질병에 감염될 위험이 매우 높다. 신체적 건강 문제 뿐만 아니라 정신적으로도 문제를 야기시켜 개인 생활에 여러 가지 부정적 영향을 준다. 위험한 성행위를 즐기고 그에 의해 성감염병을 일으키기 쉽다. 졸도의 위험이 높고 위험한 운전을 하는 경우가 많다. 이러한 부모는 자식을 돌보지 못하고, 실직을 하며 범법행위를 일삼아 결국에는 구금생활로 이어진다.

약물·물질 중독

약물·물질 중독

자기 자신에게는 물론 다른 사람에게도 해를 주는 물질이나 약물을 잘못 사용하는 것을 약물오용 혹은 약물관련 장애라고 한다. 개인의 일상생활에 직·간접적으로 영향을 주는 것은 진정제(Depressant), 흥분제(Stimulant), 환각제(Hallycinogen)로 분류된다.

진정제

진정제는 중추신경계통의 활동을 억제하고 긴장감과 불안수준을 경감시키고 운동속도와 인지기능을 저하시킨다. 과도한 양의 진정제를 복용하면 생명을 잃게 되는 경우도 있다.

우리들이 일상생활에서 가장 널리 그리고 빈번하게 접하는 진정제는 알코올이다. 이를 과다하게 섭취하게 되면 호흡기능이 장애를 받는다. 이것이 곧 사망의 원인이 되기도 한다.

알코올은 전 세계적으로 가장 널리 알려진 오용되기 쉬운 물질이다. 알코올은 매우 일반적으로 우리에게 음료로 알려져 있다. 이는 주사로 맞거나 코를 통해 흡입하는 것이 아니기 때문에 약으로 생각하지 않는다. 하지만 알코올은 어떤 면에서는 약임이 틀림없다. 대부분의 알코올음료인 와인, 비어, 기타 주류에는 진정성분인 에틸알코올세타놀이 내포되어 있다. 음료에 포함된 약제의 농도도 종류에 따라 서로 다르다. 알코올에는 항불안제 혹은 약한 안정제 같은 생물화학적 효과가 포함되어 있기 때문에 진정제로 분류된다. 이런 의미에서 알코올은 넓은 의미에서 신경안정제로 부른다.

일반생활인들은 매일 적절한 양의 알코올을 섭취하고 있다. 그렇지만 그들에게는 개인적으로나 사회적으로 아무런 문제가 없다. 하지만 알코올 문제로 고통을 받는 사람들도 있다. 전문가들은 이들을 알코올중독자 혹은 알코올의존자라고 부른다. 이 용어가 갖는 의미는 매우 다양하다. 그러므로 이 용어는 상호 교차적으로 사용된다. 경우에 따라서 전자가 보다 적절한 표현일 때가 있고 후자가 보다 적절한 때가 있다. 상황에 따라 서로 교차적으로 사용된다. 어떤 용어를 써도 알코올 통제 기능이 손상되어 있고, 알코올에 의존하고 있는 의미를 배제하지 못한다.

알코올중독에 대한 전문가들의 견해는 매우 다양하다. 가장 널리 알려진 견해는 알코올중독을 일종의 질병으로 혹은 의학적 질병으로 보는 것이다. 이것이 알코올 장애의 질병모델이다. 이와 같은 관점에서 보면 술이 음주자의 뇌에 미치는 생물학적 영향은 약물이 뇌에 미치는 생물학적 약물보다 크다.

질병모델을 옹호하는 전문가들의 주장에 따르면 알코올중독은 만성적으로 진행된다고 한다. 이와 같은 주장은 알코올 어나니머스 동료집단의 주장과 매우 일치한다. 이들은 알코올중독의 특성을 이렇게 표현한다. 즉 한때 알코올중독은 영원한 알코올중독자이다.

알코올중독자는 경제적 손실의 주범이다. 이들이 가져오는 경제적 소실은 전체 불법약물 사용자들이 소비하는 경제적 소실보다 훨씬 많다. 개인의 알코올 오용은 개인적 손실은 물론 사회적 손실로 직결된다. 국가의 생산성도 크게 떨어뜨리는 결과로 직결된다. 알코올은 폭행이나 살인을 유발하는 주요 원인으로 꼽힌다. 미국에서는 연간 180,000건 이상의 살인과 성범죄가 발생하는데 이는 모두 알코올과 밀접한 관계가 있는 것으로 밝혀졌다. 자살과 고의성이 없는 교통사고의 경우 3건 가운데 1건은 알코올에 의한 사고로 밝혀지고 있다. 10대 연령층의 경우 알코올과 관계되는 교통사고에 의한 사망률이 다른 원인에 의한 사망률보다 현저하게 높은 것이 세계적인 추세이다. 음주운전에 의한 교통사고는 세계적으로 크게 증가하는 추세이다. 미국의 사망통계자료를 보면 알코올에 의한 사망자는 매년 100,000명이 넘는데 그 원인은 자동차 충돌사고와 알코올과 관계되는 질병이다.

지금 우리는 알코올 중독의 실체를 잘못 이해하고 있다. 우선 알코올중독자는 빈민가 주민으로 알고 있다. 하지만 모든 알코올중독자가 빈민가 주민은 아니다. 실제 조사해보면 빈민가에 거주하는 알코올중독자는 소수에 불과하다. 많은 알코올중독자는 평범한 환경에서 생활하고 있다. 우리 이웃, 직장, 친구, 그리고 가족에도 알코올중독자는 있다. 그들은 정상적·사회적·경제적 생활을 하고 있으며 직장생활을 하고 있다. 그들 가운데 가정을 파탄시키고 직장을 지키지 못하는 사람이 있다. 심한 교통사고로 신체적 불구가 되어 평생을 불행하게 보내는 사람도 있다. 가정의 폭군자가 되기도 하고 불행한 결혼생활을 하는 사람도 있다.

알코올중독자의 음주패턴은 매우 다양하다. 매일 술을 지나치게 마시는 사람이 있는가 하면 주말에만 술을 마시는 사람도 있다. 장기간 금주하다가 수주 혹은 수개월 지속적으로 술을 마시는 사람도 있다.

알코올은 대학생활에서 큰 비중을 차지한다. 대학생활의 행사에 빠짐없이 등장하는 것이 알코올이다. 대학에 입학하면서 술을 마시기 시작하는 사람이 많다.

알코올중독에는 몇 가지 특징이 있다. 첫째, 성별차이다. 남녀 알코올중독의 비율은 다르다. 여성 중독자보다 남성 중독자의 비율이 두 배 이상 높다. 이는 여러 가지 요인의 산물이다. 우선 사회문화적 특성에서 그 원인을 찾을 수 있다. 남성과 여성에게 주어지는 음주의 사회문화적 견제기능이 다르다. 여성은 남성에 비해 보다 많은 엄격한 사회문화적 견제를 받는다. 특히 과음 제지는 더욱 엄격하다.

또한 혈류 속에 흡수되는 남성과 여성의 알코올 양이 다르다. 남성이 흡수하는 알코올 양은 여성이 흡수하는 알코올 양보다 많다. 그러므로 여성은 남성보다 적은 양의 알코올에 의해서 취하게 된다. 뿐만 아니라 음주 후 뇌의 신진대사과정에서 생성되는 효소의 양에도 성별차가 크다. 남성에서 형성되는 효소의 양은 여성에서 생성되는 효소의 양보다 많다.

대다수의 알코올의존자의 증후는 젊은 성인기(특히 20~40세)에 나타난다. 여성의 알코올 사용 장애 증후는 남성의 알코올 사용 보다 약간 늦게 나타난다. 여성의 알코올 의존 증후는 중년기에 빈번하게 나타난다. 남성의 알코올 의존 증후가 나타나는 것도 크게 다르지는 않다.

둘째, 자라온 사회적 환경차이다. 청소년기 혹은 성인기의 반사회적 성격장애는 후에 알코올중독으로 이어지는 경우가 많다. 성인기의 음주문제는 가족배경과 밀접한 관계가 있다. 성장하는 아이들은 가족의 음주생활을 모방한다. 알코올의존자는 친구의 영향도 크게 받는다. 그래서 알코올의존자의 교육수준이 낮다. 이와 같은 특징은 독신자에서도 흔히 발견된다.

셋째, 문화적·인종적 차이이다. 알코올 오용 및 알코올 중독자는 유태인, 그리스인, 이탈리아인, 아시아인이 비교적 적고 아메리카 인디언이 다른 문화 집단에 비해 월등하게 많다. 아메리카 인디언 아이들의 성장환경은 매우 열악하다. 그들은 심한 학대와 고통속에 생활한다. 이러한 생활에 대한 우울증으로 실망감과 고통에서 벗어나기 위해 술과 약물에 의존하게 된다. 이는 여러 가지 사회적·신체적 문제로 이어져 강경변증, 태아이상, 교통사고 등이 알코올중독과 알코올과 관계되는 장애로 이어진다.

알코올 섭취는 문화적·인종적 차이와 성별차가 밀접한 관련이 있다. 라틴 아메리카계 남성과 비라틴계 남성이 소비하는 알코올 양과 알코올과 관계되는 신체적 문제의 발생비율은 매우 유사하지만 여성의 경우는 다르다. 전통적 라틴아메리카에서는 여성의 음주습관을 엄격하게 통제하고 있어 라틴아메리카계 여성은 비라틴계 여성에 비해 알코올 섭취량이 적고 알코올 관련 장애를 유발하는 비율이 낮다. 물론 문화적 환경이 변하면 음주습관이 달라져 라틴아메리카계 미국 여성이 비라틴계 미국 여성의 음주문화에 동화되는 경향이 있다. 이에 대해 전문가들의 의견은 크게 다르지 않다. 이와 같은 현상을 보면 음주습관은 사회문화적 특성에 따라 결정될 수도 있고, 성차의 특성에 따라 결정될 수도 있다.

알코올에 대한 개인의 신체적 반응은 문화에 따라 다르다. 아시아계 미국인은 다른 문화집단에 비해 알코올을 섭취하면 얼굴이 붉어지는 경향이 있다. 얼굴은 붉어지면서 후끈거린다. 음주량이 많을 때에는 속이 메스꺼워지고, 심장박동이 빨라지며, 두통이 심해진다. 이는 알코올의 신진대사과정을 통제하는 유전인자의 기능과 밀접한 관계가 있다. 알코올 섭취에 의해 얼굴이 붉어지는 것은 개인에게 불쾌한 감정을 주는데 이는 과음에 대한 경고의 표시이다.

넷째, 사회경제적 차이다. 아프리카계 미국인이 실직에서 오는 경제적 어려움으로 많은 알코올을 섭취하고 그로 인한 신체적 손상은 늘어도 의술혜택을 많이 받지 못했다. 그렇기 때문에 알코올과 관계되는 질병을 초기에 치료받을 수 없고 장애의 정도가 심해질 수밖에 없다.

알코올이나 약물은 서로 다른 욕구충족을 위해 섭취한다. 알코올의 경우 대부분의 사람은 긴장을 해소시키고, 즐거운 경험을 고양시키며, 근심걱정을 경감시키고 사회적 기능을 향상시키기 위해 마신다. 그러면 알코올에 이런 기능이 모두 포함되어 있는가 생각해볼 필요가 있다.

알코올이나 약물을 복용하였을 때 개인에게 나타나는 반응은 다르다. 즉 복용하는 사람에 따라 다르다. 이는 물질의 생리학적 특성과 그에 관계되는 특성의 상호작용에 의해 결정된다.

생리학적 수준에서 보면 알코올은 바리움정과 같은 항불안제계인 벤조디아제핀과 같은 기능을 한다. 이는 신경전달물질인 감마아미노뷰티르산(GABA)이다. GABA에는 신경전달물질의 활동을 제지시키는 기능이 있어 긴장이완감을 경험하게 한다. 사람이 술을 마시면 감각기능이 무뎌지고 균형감각의 기능을 상실한다. 많은 양의 알코올을 마시게 되면 뇌의 기능에 영향을 주어 불수의적 주요 기능인 심장박동, 호흡기능, 그리고 체온조절기능에 영향을 준다. 이러한 영향이 긴장해소와 같이 긍정적으로 작용하기도 하지만 주로 부정적으로 작용한다. 개인의 판단력을 손상시킨다. 사람들이 술을 마시게 되면 멀쩡한 정신상태에서는 차마 할 수 없는 행동을 아무렇지도 않게 한다. 예를 들면 손아래 직원들을 희롱하기도 하고 성적·공격적 행동을 하고 위험스런 범죄를 저지른다. 만성적으로 알코올을 오용하면 인지적 기능이 손상되고 그 결과 기억능력과 문제해결능력이 떨어지고 주의력이 떨어진다.

알코올에는 사람의 매력을 끄는 기능도 있다. 일시적이지만 개인의 기분을 고조시키고 자신에 대한 부정적 감정을 경감시켜준다. 또 자기행동에 대한 불행한 결과를 잘 지각할 수 없게 하는 기능도 있다. 알코올에는 성적흥분을 촉진시키지만 성행동의 기능을 저하시키는 기능도 있다. 독소로서의 알코올은 운동기능을 손상시킨다.

과음은 건강을 해친다. 만성적 과음은 신체기관 손상으로 이어져 여러 가지 신체적 질병 -간질병, 암, 만성심장병, 그리고 신경계통의 질병- 의 발병원인이 된다. 습관적 음주는 영양실조로 이어지고 이는 곧 간의 기능을 손상시킨다. 알코올과 관계되는 간의 질병으로 알코올성 간염이 있다. 이는 건전한 간세포의 조직이 손상 받은 상태로 잠정적인 간의 염증과 간경변증을 들 수 있다. 또한 간경변증과 알코올에 기인한 지속적 건망증장애로 이어진다. 이것이 코르사코프 증후이다. 이는 정신이 흐려지고, 오리엔테이션 기능이 손상되고, 오래전에 경험한 사실을 기억하지 못하는 것이 특징이다.

임신 중 산모의 과도한 음주는 여러 가지 질병 -태아의 사망위험, 선천적 기형(언청이), 중추신경계통의 기능장애, 성장후의 학습장애-을 수반한다. 이는 산모뿐만 아니라 태아성 알코올 증후군으로 이어진다. 이들에서 흔하게 발견되는 것은 눈, 코, 안면균형상실, 위턱부위 결손, 정신지체, 그리고 사회성 결함 등이다. 태아성 알코올 증후군을 유발하는데 알코올의 최소의 양은 확실하게 밝혀져 있지 않다.

과도한 음주는 건강을 해치지만 적절량의 알코올 섭취(여성은 매일 1~2회, 남성은 매일 2~4회)는 건강에 도움이 된다. 이와 같은 사실은 여러 연구결과에 의해 입증되었다. 심장혈관발작과 졸도위험을 경감시키고 음주에 의한 사망을 줄여준다. 동맥의 활동을 방해하는 심장발작 예방에 도움이 되고 동맥벽에 축적된 지방질을 청소하는 기능을 가진 고밀도 리포단백질, 콜레스테롤 수준을 향상시키는 기능을 한다. 이를 양질의 콜레스테롤이라고 부른다. 이처럼 적절량의 알코올 섭취는 심장계통과 순환기계통에 주는 영향을 보호해준다는 주장이 있다. 하지만 공중보건 전문가들은 이러한 사실을 믿고 알코올 섭취를 하는 것은 바람직하지 않다고 한다. 이러한 음주는 문제음주로 발전할 가능성이 높기 때문이다.

미국의 통계를 보면 전체인구의 1%는 바르비투르산염, 수면제, 혹은 항불안제를 오용하고 있다고 한다. 바르비투르산염은 쉽게 심리적 의존성과 생리적 의존성이 형성되어 감내성과 금단증후가 나타난다. 바르비투르산염에는 긴장을 이완시키고 의기충전감을 일으키는 기능이 있다. 그 외에도 다량의 바르비투르산염을 섭취하면 졸음이 오고 말이 어눌해진다. 근육운동기능이 쇠퇴한다. 안절부절하지 못하고, 판단기능이 약해진다. 복용한 바르비투르산염의 효과는 3~6시간 지속된다. 바르비투르산염과 알코올은 혼합복용하면 시너지효과는 매우 크다. 개별적으로 사용했을 때 보다 효과가 4배 이상 강하다. 바르비투르산염과 알코올의 혼합복용은 죽음으로 이어지는 경우가 있다. 미국의 배우 Marilyn Monroe와 미국의 가수이자 배우 Judy Garland의 죽음이 이를 입증하는 사례이다. 이처럼 바륨이나 리브리엄과 같은 항불안제는 알코올과 혼합복용하게 되면 생명을 위협할 수도 있다.

바르비투르산염의 생리적 의존자가 이를 중단할 때에는 의사의 도움을 받아서 조심스럽게 중단해야 한다. 급작스럽게 약을 중단하면 시각, 촉각, 청각적 섬망이 나타나고 사고과정과 의식상태가 손상을 입게 된다. 보다 장기간에 걸쳐 보다 많은 양을 섭취하게 되면 보다 심한 금단증후가 나타난다. 급작스럽게 약물복용을 중단하거나 의사의 치료를 받지 않으면 생명을 잃을 수도 있다.

아편, 오피오이드는 중독을 일으키는 마약제로 동통을 경감시키고 수면을 유도하는 약제이다. 아편은 양귀비수액에서 추출한 것과 아편과 같은 효과를 가진 약물을 조합한 것으로 구별된다. 전자에는 모르핀, 헤로인, 코데인 등이 포함되며 후자에는 데메롤이 포함된다. 고대 수메르사람들은 양귀비나무를 아편이라고 불렀다. 여기에는 '쾌락의 나무'라는 의미가 내포되어 있다.

오피오이드는 강력한 쾌감을 자극하기 때문에 일반 사람들이 매우 선호하는 경향이 있다. 오피오이드에는 개인의 감정을 둔화시키는 기능이 있기 때문에 심한 스트레스에서 탈피하고 싶은 욕구가 강한 사람들에게는 매우 매력적인 약제이다. 오피오이드에는 자연산과 합성제가 있다. 이는 어느 것이나 동통제거에 탁월한 효과가 있다. 오피오이드 사용에는 특별한 주의가 필요하다. 특히 치료목적으로 사용할 때에는 복용량에 신경을 써야 한다. 과도한 복용은 혼수상태를 유발하기도 하고 심한 경우에는 생명이 위협받을 수가 있다. 미국 젊은이의 사망통계를 보면 교통사고에 의한 사망자보다 헤로인 과다복용에 의한 사망자가 월등하게 많다. 미국의 자료를 보면 헤로인 복용자는 약 300만 명이고 일반 약물 중독자는 100만 명으로 추산된다.

약물 중독자는 곧 만성으로 이어진다. 이를 방지하기 위해 단기간 약물복용을 중단하면 의존에서 벗어날 수 있다. 동통치료를 위해 의사가 처방한 오피오이드도 함부로 복용하게 되면 오용약물이 된다. 미국 대학생의 7%는 의사의 처방 없이 오피오이드를 복용하는

데 이는 곧 사회적 문제가 되고 있다.

1970년대에 아편제와 똑같은 기능을 가진 두 가지 아편제가 발견되었다. 그 하나는 뇌의 뉴런으로 아편제와 똑같은 수용기 기능을 한다. 다른 하나는 신체기능으로 자연물질 혹은 엔도르핀은 동통과 쾌락을 통제하는 기능을 한다. 오피오이드는 수용기측에서 쾌감을 유발하는 뇌 센터를 자극한다. 오피오이드의 기능이 너무 강렬해지면 금단증후가 나타난다. 이 증후는 최종 투약 4~6시간 후에 나타나기 시작한다. 불안하고 안절부절 못하며, 약복용 욕구가 나타난다. 이때 인플루엔자 증후가 수반된다. 맥박이 빨라지고, 혈압이 높아진다. 손발에 경련이 오고 전신이 떨린다. 불면증과 구토증이 생긴다. 설사를 한다. 이러한 증후는 개인의 불쾌감을 자극한다. 하지만 사람을 곤혹스럽게 만들지는 않는다. 특히 적절한 약물을 투여하면 증후는 곧 손실된다. 이 증후는 바르비투르산염에 따른 금단증후와는 달리 생명에 위험을 주지는 않는다.

모르핀이라는 명칭은 그리스의 꿈의 신인 모르페우스 이름을 딴 것이다. 모르핀은 가장 강력한 효력을 가진 아편유도체로서 상처치료용으로 사용되었다. 모르핀에 대한 심리적 의존은 '병사의 질병'으로 우리에게 널리 알려졌다.

헤로인은 강력한 효력이 있는 진정제로서 의기추천의 감정을 촉발시킨다. 헤로인은 쾌감을 자극한다. 헤로인은 1825년 모르핀과 같이 중독 없는 동통치료제 발견과정에서 발견되었다. 이 연구를 주도한 것은 독일의 화학자 Heinrich Dreser(1860~1824)였다. 그는 바이엘사에서 아스피린과 헤로인연구를 주도하였다.

널리 사용되는 오피오이드로 미국에서는 300만명이 헤로인을 복용하며 100만명이 그에 중독된 것으로 추산된다. 헤로인은 피하에 직접 주사하기도 하고 정맥에 주사하기도 한다. 어떤 방법을 써도 곧 긍정적 효과가 나타난다. 5~15분이면 기분이 충천되고 행복감을 느끼는데 3~5시간 지속된다. 복용이나 주사 후 부정적 죄의식, 긴장감, 그리고 불안은 곧 해소된다. 장기간 지속되면 중독의 위험성이 높아진다. 많은 생리적 의존자는 그 비용을 충족시키기 위해 매춘, 도둑질을 하고 훔친 물건을 부당하게 매매한다. 이 약물의 화학적 효과는 직접 범죄나 공격적 행동을 유발하지는 않는다.

흥분제

흥분제는 일종의 향정신성물질로 여기에는 중추신경계통의 활동을 증대시키고, 각성수준을 높이고, 쾌감의 수준을 높이고, 의기충천감을 고양시키는 기능이 있다. 이 약의 효과는 약의 특성에 따라 다르게 나타난다. 암페타민은 흥분제라는 명칭 외에 여러 가지 속명이 따른다. 즉 암페타민 황산염(상품명: 벤제드린), 메탐페타민(상품명: 메테드린) 그리고 덱스트로암페타민(상품명: 덱세드린)이 바로 이것이다.

암페타민은 즉흥적으로 병적 의기충천감 혹은 병적 도취감을 경험하기 위해서 흔하게 사용된다. 환자는 즉흥적으로 병적 도취감, 의기충천감을 경험하기 위해 암페타민을 대량 섭취한다. 액체로 된 암페타민을 정맥으로 주사하면 강한 효과가 곧바로 나타난다. 자신이 경험한 쾌감을 장기간 유지하기 위해 매일 암페타민 주사를 맞는 사람도 있다. 고도의 쾌감을 경험한 사람은 곧 우울증에 빠진다. 심한 경우 자살하는 사람도 있다.

다량의 암페타민 사용은 안절부절 못함, 환각, 편집성 망상, 식욕감퇴 그리고 불면증으로 이어진다. 암페타민에 대한 생리적 의존성이 생기면 금단증후가 나타나고 거기에는 우울증, 피로감, 불쾌한 꿈, 불면증, 신경과민증이 수반된다. 식욕이 왕성해지고 근육운동수준이 떨어진다. 스트레스나 우울증 극복을 위해 암페타민에 의존하는 사람도 있다. 불행하게도 거기에도 심리적 의존이 생긴다. 메탐페타민 오용은 뇌손상을 야기한다. 여기에는 기억능력과 학습능력손상이 수반된다. 이 약을 흡연하거나 피하주사를 하는 사람 가운데 습관적으로 폭행을 하는 사람이 많다. 암페타민 정신병은 편집성 정신분열증을 유발하는 원인으로 작용한다. 이와 같은 연구결과를 바탕으로 정신분열증 연구에 암페타민을 주 치료제로 쓰는 사람도 있다.

엑스터시와 암페타민의 화학적 구조는 매우 유사하다. 이는 대학 캠퍼스와 클럽에서 빈번하게 사용되며 가벼운 도취감과 환각을 일으킨다. 이 약은 위험성이 널리 알려지면서 2000년대에 와서 사용자가 크게 줄어들고 있다. 젊은 세대 간에 엑스터시는 우울증, 불안, 불면증 편집병, 정신병을 유발하는 원인으로 꼽힌다.

인지적 기능 특히 기억력과 도파민을 손상시킨다. 그래서 쾌감을 매일 경험하지 못하는 수가 있다. 생리적 부작용을 가져오며 심장박동과 혈압을 상승시킨다. 턱이 떨리고 심한 체온변화를 가져온다. 따뜻한 체온이 곧 썰렁해지기도 한다. 이 약을 다량 섭취하게 되면 치명적 결과를 가져오기도 한다.

코카인은 우리에게 위험성이 높은 약에 속한다. 코카인에 대해 보다 놀라운 사실은 전 세계 사람들이 선호하는 코카콜라는 원래 코카인 추출물이 함유된 약물이었다. 1906년 코카콜라 회사는 비밀리에 코카인 성분을 빼내고 그것을 하나의 음료수로 변신시켰다. 이 음료수는 처음에는 두뇌토닉 혹은 지적 음료수로 불리어졌다. 코카인은 코카식물에서 추출한 자연 흥분제이다. 코카인은 신체적 중독이 없는 음료수로 오랫동안 인식되어 왔다. 그러나 사실은 그렇지 않다. 코카인에는 감내 효과가 있어 기분을 손상시키고 식욕과 수면 장애를 일으킨다. 이것이 곧 금단증후이다.

금단증후는 장시간 지속되지 않고 장시간 나타났다가 정상상태로 회복된다. 코카인은 분말로 된 것도 있고 크래커와 같이 단단한 것도 있다. 크래커의 효과는 급작스럽게 나타나 수분간 지속된다. 분말로 된 코카인의 효과는 가볍게 나타나 크랙의 효과보다 장시간 지속된다. 마약순화법은 코카인의 효과를 강화시킨다. 마약순화과정에서 분말형 코카인은 에테르로 가열되며 약의 향정신성 성분을 빼내고 피운다. 에테르는 가연성이 매우 높다.

코카인은 마리화나 다음으로 널리 사용되는 불법약제로 규정되어 있다. 미국에서는 12세 이상의 14%가 코카인을 사용한다는 조사결과도 있다. 헤로인과 마찬가지로 코카인에도 뇌의 보상 혹은 쾌감 기능을 활성화시키는 기능이 있다. 이는 급작스럽게 혈압을 상승시키며 생명을 위협하기도 한다. 심한 경우에는 치명적일 수도 있다. 코카인 과다 복용은 여러 가지 신체적 증후인 안절부절 못함, 불면증, 두통, 구토, 경련, 진전, 환각, 망상 등으로 나타난다. 과도한 코카인 복용은 순환기 장애를 일으켜 생명을 위협할 수도 있다.

정기적인 코카인 흡입은 심한 경우 콧병을 일으키기도 한다. 그 정도가 더 심해지면 콧구멍 암으로 이어지기도 한다. 과도한 양의 코카인을 반복적으로 사용하면 심한 우울증과 불안에 사로잡힐 수도 있다. 우울증은 자살로 이어진다. 코카인을 처음으로 사용하거나 관행적으로 사용하게 되면 기분이 심하게 우울해진다. 이와 같은 현상은 장기간 과도한 코카인을 사용하는 사람에서 흔히 발견할 수 있다. 장기적으로 코카인이나 암페타민을 사용하게 되면 정신병적 행동을 유발한다. 지속적으로 약을 복용하게 되면 유발된 증후는 더 악화된다. 코카인 복용에 따른 코카인 정신병에는 여러 가지 증후가 수반된다. 의심이 많고, 기분이 우울해진다. 강박적으로 행동하고, 안절부절 못한다. 편집병적 증후가 현저하게 나타난다. 정신병 환자는 심한 환청, 환시와 같은 환각이 심해지며 피해망상도 심해진다.

바람직하지 못한 생활습관으로 습관적 흡연을 꼽는다. 이는 곧 니코틴 중독으로 발전하기 쉽다. 흡연은 건강을 크게 해치는 행위이다. 미국에서는 한해 400,000명 이상이 폐암과 폐질환에 의해 목숨을 잃고, 심장혈관질환에 의해 생명을 잃고 있다. 이들 사망원인은 곧 흡연이다. 흡연에 의한 사망은 범세계적 문제이다. 이와 같은 사실은 통계자료에서 확인할 수 있다. WHO의 추산에 의하면 전세계적 흡연인구는 1,000만 명이고, 매년 300만이 흡연과 그에 관계되는 질병으로 사망하고 있다고 한다. 다행히도 세계적 흡연인구는 매년 감소추세에 있다. 구체적 자료를 보자. 미국의 질병통계에서 1966년 흡연자는 42%였으나 2005년에는 21%로 흡연인구가 급감하고 있다.

니코틴은 토바코제품의 사용을 통해 체내에 흡입된다. 니코틴은 흥분제에 속한다. 니코틴의 기능은 매우 다양하다. 개인을 각성시킨다. 몸을 차갑게 하고, 피부를 끈적거리게 한다. 구토증, 메스꺼움, 현기증, 어지러움, 설사 등을 일으킨다. 니코틴은 흥분제로서 에피네프린의 분비를 촉진시켜 자율신경계통의 활동을 증가시킨다. 이로 인해 심장박동이 빨라지고 저장된 당분을 혈액으로 방출시키는 기능을 한다. 니코틴은 식욕을 억제하고 심리적 즐거움을 갖게 한다. 니코틴은 엔도르핀을 방출한다. 이는 마약제와 같은 호르몬으로 뇌에서 분비된다. 이것들이 모두 담배활용을 통해서 얻는 유쾌한 감정이다.

니코틴을 습관적으로 복용하면 그에 약물의존성이 생긴다. 이 의존성은 감내성과 금단증후군으로 나타난다. 감내성은 복용하는 약의 양을 높이는 결과로 이어진다. 금단증후는 기운이 부족하고, 기분이 우울해지고, 안절부절 하지 못하고, 신경과민, 주의집중력의 저하, 현기증, 두통, 불면증, 심장박동저하, 식용증가, 체중증가, 발한, 손발 떨림, 담배 욕구 증가 등으로 이어진다.

환각제

환각제는 미각과 청각을 왜곡하는 약제이다. 긴장을 이완시키고 병적 쾌감, 의기충천감, 낭패감을 일으킨다. 환각제에는 리세르그산 다이에틸아마이드(LSD), 실로사이빈, 메스칼린 등은 물론 환각작용과 똑같은 환각을 가진 향정신성 물질로 마리화나(대마초)와 펜시클리든 등이 포함된다. 메스칼린은 페요테 선인장에서 추출된 것으로 오랫동안 미중부의 원주민들의 종교적 의식 때 널리 사용되었다.

리세르그산다이에틸아마이드(LSD)는 합성환각제이다. 이는 뚜렷한 색채퍼레이드를 연출하고 시각적 왜곡을 일으키는 특수한 환각제이다. 사용자들의 말을 들으면 의식이 황홀해지며 새 세상이 전개되는 것과 같은 환각을 경험하게 된다고 한다. 정상인이 현실을 초월한 세상을 경험하는 것과 크게 다르지 않다. LSD의 효과는 쉽게 예언할 수 없다. 왜냐하면 복용자의 복용량, 기대감, 성격, 기분, 그리고 환경에 의해서 특성이 결정되기 때문이다. 이전에 복용한 약에 대한 경험도 LSD의 효과에 큰 영향을 준다. 장기간 복용경험이 있는 사람의 경험효과는 처음으로 약을 복용한 사람의 경험효과보다 정확하게 예언이 가능하다.

복용자 가운데 이 약을 부정적으로 평가하는 사람도 있다. 강한 공포감 혹은 패닉을 경험했다고 하는 사람도 있다. 죽음의 공포를 경험한다고 주장하는 사람도 있다. LSD를 복용하는 과정에서 목숨을 잃는 사람도 있다. 약을 복용한지 몇 주후 혹 몇 년 후에 약물에서 경험한 것을 다시 경험하게 되는 프레쉬백을 경험하는 사람도 있다. 프레쉬백은 어떤 경고도 없이 갑작스럽게 나타난다. 지각적 왜곡은 여러 형태로 나타난다. 기하학적 도형이 보이기도 하고 색채의 농도가 짙어지기도 하고, 잔상이 보이기도 하고 무리가 나타나기도 한다.

펜시클리딘(PCP)은 천사의 먼지로 널리 알려졌다. 이는 1950년대에 병원에서 마취수단으로 사용되었으나 심한 환각적 부작용 때문에 법으로 사용이 금지되었다. 1970년대에 PCP는 매우 일반적 약제로 등장하였으나 오래 지속되지 못하는 특성 때문에 수명이 길지 못하였다. PCP의 효과는 다른 약과 마찬가지로 복용량에 따라 달라진다. PCP는 환각을 일으킬 뿐만 아니라 심장박동 증가, 혈압 상승, 발한, 촉진 그리고 감각마비 등과 같은 생리적 변화를 일으킨다. PCP는 섬망상태를 유발하기 때문에 섬망발생성 약제로 분류되기도 한다. 또 이 약은 분열효과가 있다. 약의 복용자가 자기자신과 환경사이에 눈에 보이지 않는 어떤 장애물이 가로 놓인 것과 같은 생각을 갖게 한다. 이와 같은 분리현상은 복용자의 기대감, 기분, 환경 등에 따라 쾌감, 의기충천감, 혹은 공포감을 느끼게 한다. 과도한 약을 복용하게 되면 졸립고, 손발이 떨리고, 공포감이 든다. 중독상태에는 지각 왜곡도 심하게 나타난다.

마리화나는 삼나무에서 추출한 물질로 일반적으로는 환각제로 불리운다. 왜냐하면 이는 지각적 왜곡이나 가벼운 환각을 일으키기 때문이다. 특히 다량을 사용하거나 이에 예민하게 반응하는 사람에게 현저하게 나타난다. 마리화나 속에는 향정신성 물질인 THC(테트라하이드로칸나비놀)가 포함되어 있다. 이는 나무의 줄기와 잎에서 발견할 수 있고 특히 암수의 수지 속에 농축되어 있다.

대마도 수액에서 추출한 것으로 마리화나 효과와 매우 유사하다. 마리화나는 가장 널리 사용되고 있는 불법약이다. 미국에서는 12세 이상의 40%는 마리화나를 사용한 경험이 있다는 통계가 있다. 성인의 1.5%는 마리화나 오용 혹은 의존으로 고통 받고 있다. 여성보다는 남성이 마리화나 의존장애의 성향이 높다. 소량의 마리화나 효과는 알코올 섭취와 유사한 효과가 나타난다. 소량의 마리화나에 의해 대인관계가 보다 원만해진다는 사람이 있다. 스트레스를 받았을 때 소량의 마리화나를 섭취하면 문제가 보다 쉽게 풀리는 것을 경험한 사람도 있다. 하지만 다량의 마리화나를 섭취하였을 때는 자기 스스로 움츠려드는 것을 경험하는 사람도 있다. 심한 마리화나 중독자는 시간이 매우 더디게 가는 것을 경험한다고 호소하기도 한다. 극히 짧은 음악을 감상하였는데도 몇 시간동안 음악을 감상한 것 같이 느끼기도 한다.

심장박동이 빨라지는 것을 스스로 지각할 수도 있다. 성감이 크게 증가하기도 하고 환시를 경험하기도 한다. 심한 중독 상태에서는 혼미상태에 빠지기도 하고 기분은 병적으로 좋아지기도 하고 의기충천감이 높아지기도 한다. 심장박동이 증가하고 신체감각수준이 높아진다. 이들은 자신의 심장이 파열된 것과 같은 기분을 경험한다. 속이 메스꺼워지고 심한 구토가 오기도 한다. 대마 의존자는 강박적으로 장기간 약을 복용하면 감내성이 생긴다. 이것이 일반적 현상이다.

이와는 달리 감각이 둔해지는 사례도 있다. 여기에는 학습기능과 기억능력의 저하현상이 수반된다. 장기간의 마리화나 사용은 헤로인이나 코카인과 같은 물질중독으로 이어진다는 주장이 있기는 하지만 객관적 증거는 많지 않다. 마리화나는 지각기능과 근육협화기능을 저하시킨다. 그러므로 위험성이 높은 기계를 사용하는 업무는 피하는 것이 바람직하다.

행동중독

행동중독
: 음식 · 운동 · 도박 · 인터넷 · 쇼핑 · 성 · 일 중독

생물학적 지식의 발달은 질병으로 고통 받는 사람에게 유익한 물질, 즉 약을 개발하는데 큰 도움이 되었다. 이와 같은 도움은 고통을 받는 사람에게 긍정적 영향을 주었다. 무엇보다도 질병과의 전쟁에 있는 사람들에게 도움을 준 것은 사실이다. 하지만 불행하게도 이에 못지않은 부정적 영향이 큰 문제로 등장하였다. 바로 약물에 대한 의존이나 중독성이다. 약물에 대한 중독과 유사한 중독이 곧 행동중독(behavioral addiction)이다.

행동중독은 비물질 중독, 혹은 프로세스 중독이라 불리 우는 일종의 강박적 행동이다. 행동중독자는 자기의 행동이 자기 자신이나 주위사람들에게 유해하다는 사실을 알고 그것을 중단하거나 포기하기 위해 노력하지만 알면서도 자기 뜻대로 자신의 행동을 중단하거나 통제하는 것이 불가능하다. 이러한 행동중독에는 도박, 성, 음식, 일, 인터넷 등이 포함된다. 이들의 행동특징을 통해 가족, 친구 그리고 주위사람들은 그가 중독자임을 알아차린다. 행동중독은 만성적으로 그리고 강박적으로 진행된다. 행동중독은 다른 물질중독과는 달리 약물복용의 필요성까지는 느끼지 못한다. 행동중독은 물질중독보다 이해하기가 어렵다.

물질중독은 행동중독과는 달리 치료·연구의 역사가 길기 때문에 이미 확고한 질병으로 자리잡고 있다. 화학물질의 복용은 뇌의 의사전달과정에 이상을 수반한다. 그러므로 물질사용의 확실한 진단기준이 되고 진단의 신빙성을 높여준다. 그래서 물질중독은 행동중독보다 진단하기가 쉽다. 물질중독은 신체적·심리적 증후가 곧 외부로 노출되기 때문에 주위에서 그가 어떤 중독자라는 사실을 잘 인지한다. 그러나 본인은 인지하지 못한다.

행동중독의 증후는 외부에 잘 노출되지 않는다. 간혹 증후가 나타난다 하더라도 일상생활에서 직면하게 되는 사소한 일로 생각하고 넘겨버리는 경우가 많다. 그것이 곧 프로세스 중독이다. 이를 물질사용과 달리 삶의 과정에서 쉽게 발견될 수 있는 것이라고 가볍게 생각하였다. 하지만 근자에 와서 이것은 곧 행동중독이라는 질병으로 인정받게 되었다.

물질중독과 행동중독의 행동과 동기에는 유사한 점이 많이 있다. 첫째, 이들 중독자들은 여러 가지 심리적 고통을 받는다. 중독자는 자기 스스로 심리적 웰빙감정을 얻기 위해 외부에 도움을 청하는 경우가 있는데 이는 그들이 중독에서의 회복을 내부적으로 이뤄지는 것이라고 생각하기 때문이다.

일반적으로 중독자는 약물이나 성욕에 중독되면 불쾌한 감정에 사로잡히게 된다. 이를 벗어나기 위해 자기 스스로 가식적으로 행동을 한다. 중독자는 자기의 문제를 솔직하게 털어 놓지 못하고 숨기려는 경향이 있다. 약물이나 알코올 중독자는 자기의 질병을 거부의 질병이라고 부른다. 약물중독자 치료모임회원은 말하고 싶지 않은 병이 있다고 공공연하게 주장한다. 이와 같은 주장은 초기에는 별로 큰 문제가 되지 않지만 치료과정에서는 방해를 주는 방해물로 작용한다.

둘째, 행동중독은 약물중독과 같이 개인생활에 부정적 영향을 준다. 강박적 행동을 두고 생각해 보자. 일반적으로 강박적 행동은 개인생활에 부정적 영향은 주지 않을 것처럼 보인다. 하지만 그것은 약물중독이 개인에게 주는 손상만큼 큰 영향을 준다. 직장을 가질 수 없고, 가족관계가 파탄나고, 정신병원에 입원하거나 자살을 기도하기도 한다. 이처럼 강박성과 정신적 이상도 매우 유사하다.

셋째, 행동중독에는 약물중독과 같이 심각한 심리적 문제가 있다. 그들은 무의식적으로 과식하려는 경향이 있다. 이는 애정박탈의 경험을 만회하기 위한 것이다.

중독은 특정한 물질사용에서 오는 것과 특정한 물질사용과는 무관하게 오는 것 두 가지로 분류된다. 전자를 물질사용에 의한 중독 혹은 물질중독이라고 하고 후자를 비물질 사용에 의한 중독, 혹은 행동중독이라고 한다.

일반적으로 중독이라는 용어는 우리에게 매우 친숙하다. 알코올중독·약물중독 등이 대표적인 것이다. 하지만 행동중독은 우리에게 매우 친숙하지 못하다. 행동중독의 개념은 최근에 미국정신의학회가 도입한 새롭고 혁명적인 용어이다. 인류역사를 보면 원래 인류의 역사는 도박과 문란한 성생활의 역사였다는 사실을 잘 알 수 있다. 고대 그리스에서는 도박이 일상화되었다. 로마 Commodus(161~192)황제의 쾌락을 위한 도박은 로마제국의 멸망으로 이어졌다. 로마제국은 도박으로 멸망한 고대국가이다.

미국정신의학회를 창설한 Benjamin Rush(1746~1813)는 그의 저서 『미국정신병』(1812)에서 과도한 성욕은 병적 현상이라고 주장한 바 있다. 그의 주장은 2000여 년 동안 아무런 학문적 관심의 대상이 되지 못하였으나 2013년 5월 미국정신의학회의 「*DSM*-*5*」 출간으로 전문가의 관심을 사기 시작했다. 이를 계기로 전통적으로 사용되는 물질사용과 의존은 중독과 그에 관계되는 장애로 대치되게 되었다.

중독은 한때 충동성-강박성의 스펙트럼의 틀 안에서 연구되어 오다가 비물질 중독 혹은 행동중독으로 새롭게 불린 명칭이다. 그러므로 이 용어는 일반인들에게는 물론 전문가에게도 생소할 수밖에 없다.

행동중독과 물질중독의 특징은 매우 유사하다. 행동중독은 자신의 행동이 자신의 건강을 유해하게 한다는 사실을 알면서도 자신의 충동, 욕구, 의혹을 자기 스스로 통제하지 못한다. 지속적으로 반복한다. 이는 물질중독의 행동과 다르지 않다. 약물중독자도 자신의 행동이 자신의 건강을 해친다는 사실을 잘 알면서도 약물복용에 대한 의혹을 뿌리치지 못한다.

행동중독과 물질중독은 발생과정의 임상적 현상의 부정적 효과

측면에서 유사하다. 이 중독은 청소년과 성인 기초기에 발병하며 다른 연령집단에 비해 월등히 높다. 반성적 중독이나 재발된 중독은 대부분이 자발적으로 회복된 행동중독으로 행동하기 전에 긴장감, 각성감을 느끼나 행동을 할 때는 쾌감을 느끼고 만족감을 느낀다. 행동하기 전에 강한 욕구가 생기며 불안을 경감시킨다. 그래서 이들의 중독은 정서적 통제가 어렵거나 불가능하다.

행동특성

행동중독과 물질중독에는 여러 가지 유사점이 있다. 두 중독의 발병연령이 유사하다. 청소년기 혹은 성인기에 보다 빈번하게 발병한다. 발병 전에 심한 긴장감과 각성감을 느낀다. 이는 불안감을 해방하는데 도움을 준다. 또한 자발적 치유를 기대할 수 없다.

행동중독과 물질중독은 자신의 행동이 자신이나 주위사람들의 웰빙을 손상시킨다는 사실을 잘 알면서도 행동충동을 억제하지 못한다. 뿐만 아니라 이러한 유해한 행동을 장기간 반복한다. 이는 자신에게 유해한 결과를 가져온다. 즉 약물중독자가 자신에게 유해한 결과를 충분히 인지하면서도 약을 복용해 결국에게는 자신을 유해한 물질에서 방어하지 못하는 것을 말한다.

행동중독자와 물질중독자에게는 공통적인 성격특성이 있다. 그들에게는 높은 충동성과 센세이션 싸이킹 특성을 발견할 수 있다. 자극의 회피특성이 있고 정신병적 경향성 수준이 높다. 대인관계의

갈등이 심하고 자기중심적 의사결정을 한다.

행동중독은 심한 정서적 장애를 겪는데 이는 병적도박, 강박적 방화, 강박적 성행위, 강박적 쇼핑 등으로 나타난다. 강도, 공금횡령 등 사회적 물의를 일으키는 범법행위로도 나타난다.

행동중독은 자기에게 중독성 성향이 있다는 사실을 수용하지 않는다. 그들에게는 문제 극복 기능이 없다. 그들은 현실을 기피하는 것이 곧 문제를 해결하는 유일한 방법이라고 생각한다. 사람들은 성장하면서 자기가 직면한 사태를 해결하기 위해 타협하는 기술을 습득한다. 분명하게도 행동중독자에게는 이와 같은 책략을 개발할 능력이 결여되어 있다. 그들에게는 어려운 문제를 해결할 기제가 없다. 문제를 해결할 능력도 없다. 그들은 직면한 문제를 거부하거나 혹은 직면한 문제로부터 도피하려고 한다. 대인관계가 여의치 않기 때문에 보호적 고립을 찾아 그곳에서 중독행동을 즐기게 된다.

행동중독에게는 특이한 점이 있다. 자존심이 없고 자기비하의 성향이 높다. 안정감이 부족하고, 무슨 일을 성취하겠다는 의욕이 부족하다. 자신의 능력을 숨기려는 경향이 있다. 자신의 높은 지적 능력이나 성공적인 성취사실도 숨기려고 하는 성향이 있다.

행동중독은 선입견으로 개인의 사고를 통제한다. 중독자는 지속적으로 중독행동을 생각한다. 그것은 기회가 주어지면 행동으로 옮길 것을 지속적으로 생각한다. 지속적인 중독행위에는 뇌 엔돌핀 분비가 수반된다. 중독자는 그것이 자기 행동에 미치는 부정적 영향을 전혀 생각하지 못했다. 지속되는 중독행동은 개인의 생활을 퇴화시킨다. 병적도박자는 모든 것을 포기하고 카지노에서 시간을 보낸다.

그는 정상적 사회적응이 불가능해진다. 그가 할 수 있는 것은 중독행동에 충실하는 것뿐이다.

중독행동은 강박적으로 사고하는데 그것이 중독의 강화제가 된다. 강박적으로 사고하는 중독행동은 개인의 마음속에 보다 깊이 뿌리를 내리게 된다. 이는 잘못된 선입견으로 굳어지고 비합리적 사고의 기반을 제공한다.

개인의 현실감각은 강박적 사고에 의해 왜곡되고 착각과 현실이라는 사실을 구분하기가 어려워진다. 병적도박자는 도박에서 손해본 것을 만회하기 위해 지속적으로 도박을 한다. 이와 같은 사고는 잘못이 없는 논리적 사고의 표현이다. 하지만 병적도박은 불성실한 직장생활로 이어지고 원만한 친구나 가족관계가 크게 손상된다. 강박적 사고에도 여러 가지 형태의 방어기제가 있다. 이는 곧 강박적 행동을 방어하는 수단으로 활용한다. 그는 자신의 현실을 솔직하게 수용하려고 하지 않는다.

행동중독의 부정적 특징은 여러 가지 형태로 나타난다. 이 특징은 시간의 경과에 따라 점진적으로 상태가 악화된다. 이들의 악화된 행동중독은 중독자에게는 쾌감의 느낌은 강화되기 때문에 그 상태는 장기간 지속된다.

중독은 가족의 질병이다. 중독은 자기몰입의 질병으로 자기만의 문제로 끝나지 않는다. 이는 다른 가족구성원의 문제로 이어진다. 도박자의 부인은 남편의 빚을 갚기 위해 어려운 일을 해야 한다. 성중독자의 부인은 남편의 무절제한 성생활에서 오는 성병으로 고통을 받게 된다. 일중독자는 아내와 떨어진다. 자식의 학업에도 전혀 관심을 갖지 않는다. 이처럼 중독자의 가족구성원 모두 심한 불안과 우울증으로 고통 받고 있으며 심한 스트레스에서 벗어나지 못한다.

중독자는 무기력감의 늪에서 벗어나지 못한다. 이는 개인 생활과 사회생활의 파탄으로 이어진다. 그들은 특정한 일에 종사할 수 없고 원만한 대인관계를 가질 수 없으며 부모의 역할도 기대할 수 없다. 결과적으로 정신병환자로 타락하게 된다.

행동증후

행동중독의 행동특성은 여러 가지 형태로 나타난다. 장애의 특성에 따라 다소간의 차이는 인정될 수 있으나 크게 다르지 않다. 유형과는 상관없이 모든 행동중독은 개인의 생활을 부정적으로 통정한다. 행동중독은 자신의 행동중독을 지나치게 강박적으로 생각한다. 그들은 지금 당장의 행동은 물론 자신이 다음에 어떤 행동을 할 것인가를 끊임없이 생각하고 그것을 실천할 계획을 세운다. 이 과정에서 자신이나 가족의 건강이나 웰빙에는 전혀 관심이 없다.

음식중독자는 무엇을 얼마나 먹을 것인가를 강박적으로 생각한다. 도박중독자는 도박과 관계되는 일을 계획하고 수행하는데 몰두한다. 하루면 하루, 일주일이면 일주일, 도박생각밖에 없다. 언제 누구와 도박을 할 것인가, 도박에 소요되는 자금상태는 어떠한가, 만일 자금이 부족하다면 그것을 어떻게 마련할 것이며 누구를 찾아가서 자금을 빌릴 것인가 등 도박에 관련된 생각에만 몰두한다. 성중독자는 이미 이전에 접촉한 적이 있는 창녀를 찾아간다. 그 창녀가 지금 성병환자가 되었다는 사실, 더 나아가 그 여자와 다시 접촉하는 것은 자신의 건강을 해칠 것도 다 인지하지만 이를 상관하지 않는다. 이처럼 중독에 대한 강박적 사고는 일회성으로 끝나는 것이 아니고 반복되고 일상생활에 영향을 주며, 그에 따른 부정적 행동을 통제할 기능도 상실한다.

정상적인 사람은 자신의 행동을 통해 유쾌한 기분을 경험하고 싶어 한다. 하지만 그것은 하나의 희망일 뿐이다. 모든 것이 뜻대로 이뤄지지 않는다. 이와는 달리 중독자는 자기가 얻고자 하는 것은 자신의 의지로 충분히 성취할 수 있는 것으로 생각한다. 중독자는 자신이 어떤 행동을 통해서 쾌감을 경험했다고 생각하면 그 행동을 계속적으로 반복하는 경향이 있다. 이는 결과적으로 행동중독의 빈도를 상승시키고 강도도 강화시킨다.

예를 들어 음식을 지나치게 많이 섭취하는 다식증을 두고 생각해보자. 음식을 많이 섭취하는 것은 생리적 욕구를 충족시키기 위한 것이 아니다. 음식을 많이 먹고 토해내는 데서 얻는 쾌감을 경험하기 위해서이다. 이 경험을 통해 엔도르핀 분비를 스스로 경험할 수 있다. 음식을 통해 상쾌한 기분을 경험하고, 의기가 충천되는 신호를 뇌에 보낸다. 이를 통해 좋은 기분을 경험하게 된다. 약물중독과 행동중독의 행동형태가 이러한 것이다.

중독에는 어느 것이나 감내성이 따른다. 그러므로 이전에 경험했던 유쾌한 기분을 다시 경험하기 위해서는 이전에 복용했던 약의 양을 증가시켜야 한다. 강박적 구매자는 보다 고가의 물건을 구매하는데 보다 많은 비용을 지출한다. 그 결과 보다 많은 경제적 부담을 피할 수 없다. 도박자는 이전보다 더 많은 돈을 건다. 약물중독자는 복용하는 약의 양을 늘려간다.

중독자는 자신의 행동과 그 결과에 대해서는 강박적으로 생각하나 다른 주변의 문제, 예를 들면 가정생활문제에 대해서는 전혀 관심이 없다. 자신의 중독행동이 주위사람들에게 주는 영향에는 관심이 없다. 이로 인해 생활은 점진적으로 황폐화되고 발광적 행동은 지속된다. 이들은 이와 같은 자신의 부정적 생활의 변화에 대해 크게 잘못 생각한다. 자신의 문제는 자기 스스로 마음만 먹으면 통제할 수 있다고 현실과 크게 다르게 생각한다.

행동중독자는 자신의 중독욕구를 충족시키기 위해 그럴듯하게 변명을 한다. 식욕상실자의 신체적 특징은 보기 흉할 정도로 여위였다는 점이다. 그럼에도 불구하고 자기는 체중과잉자라고 생각한다. 그래서 자신은 체중을 경감시킬 필요가 있다고 생각한다. 시실은 자신이 심하게 여위였다는 사실을 전혀 생각하지 못한다. 성중독자는 난잡한 성생활을 즐긴다. 그것을 자신의 삶의 공허감에서 벗어나기 위한 것이라고 생각한다.

행동중독자는 자존감이 낮고 불안이 심하다. 그들은 주위 환경을 자기의 뜻대로 통제하고 싶은 욕구가 강하다. 이 욕구가 성취되지 못하면 더욱 심한 불안을 느낀다. 또한 일찍 부모상실을 경험하는 등 신체적·정서적 문제를 경험한 사람들의 생활 산물이다.

부모의 행동중독은 자녀의 행동중독을 유발하는 주요 요인이다. 행동중독자의 부모는 자녀에 대한 관심이 적어 그들과 관계를 형성할 수 없다. 이는 자녀의 자존감 손상으로 이어진다. 이들 자녀는 부모처럼 성장 후에도 자신의 부족한 애정감정을 회복하기 위해 중독행동에 빠지는 사례가 많다.

중독자 가정에서 성장한 아이들은 자기파괴적 행동에 빠지기 쉽다. 그들은 가족 내에서 문제를 야기하는 행동을 한다. 이와 같은 생활습관이 장기간 지속되면 곧 중독행동으로 변한다. 기능상실가정에서 성장한 아이들에게는 특이한 생활특성이 있다. 어떤 경우에도 자기주장을 하거나 남의 눈에 띄는 행동은 하지 않는다. 이들의 생활특성은 성인기까지 이어진다. 그들은 자신의 권리와 욕구를 모두 포기해 버린다. 이것은 그들이 성장과정에서 학습한 것이다. 이런 의존관계 때문에 심한 우울증에 빠진다. 결과적으로 극도로 무책임하고 신뢰감을 얻지 못하는 방향으로 발전한다.

행동중독은 아동기의 생활경험과 밀접한 관계가 있다. 아동기에 성적으로 학대를 받은 경험이 있는 아이들은 성인기에 가면 성생활이 몹시 난잡해져서 배우자와 친밀한 관계를 유지하는 것이 불가능하다. 성중독자는 성을 위력이나 통제를 위한 도구로 생각한다. 이것은 그들이 아동기에 경험하지 못했던 것들이다. 음식중독은 애정과 깊은 관계가 있다. 이들은 성인기에 가면 음식을 애정을 단정하는 수단으로 활용한다.

음식중독

음식은 개체가 생존하는데 절대 필요로 하는 요소이고, 웰빙의 요소이고, 쾌락과 향락을 성취하는데 필요한 수단이다. 음식물은 우리에게 자양분을 제공해줄 뿐만 아니라 맛과 향을 통해서 새로운 충족감을 느끼게 한다.

약물에는 개인의 질병을 치료하는 긍정적 측면이 있는가 하면 중독과 같은 부정적 측면도 있다. 음식물에도 개인의 생활에 필요한 영양을 공급해주는 긍정적 측면이 있는가 하면 질병을 일으키는 부정적 측면도 있다.

잘못된 음식섭취에는 여러 가지 부정적 효과가 나타난다. 특정한 음식물에 대한 갈망의 수준이 병적으로 높은 욕망은 자신의 의지에 의해 통제되지 않는다. 약물중독자나 알코올중독자와 마찬가지로 특정한 음식물에 대한 단서에 노출되기만 해도 그것을 섭취하고 싶은 욕망이 발동한다. 이는 강박적 과잉섭취와 비슷하다. 강박적 과잉 섭취는 자신이 통제할 수 없는 정도의 음식물을 빈번하게, 그리고 지속적으로 섭취한다. 이는 자신의 기감과는 전혀 상관이 없다. 특정 음식물에 대한 갈망은 이전의 음식섭취의 경험과 깊은 관계가 있다. 섭취한 음식물에 대한 만족감의 수준이 높을수록 그것을 섭취하고 싶은 욕망이 발동한다. 물론 자신의 기감과는 전혀 관계가 없다. 이는 대식과도 아무런 관계가 없다. 이처럼 음식중독은 본인의 기감과 상관없이 특정한 음식물을 먹고 싶은 욕망이 크다.

이와 같은 병적 욕구는 단기간에 끝나는 것이 아니고 몇 주 몇 달까지 지속되는 것이 보통이다. 갈망하는 음식물을 섭취하고 나면 쾌감을 느끼고 웰빙수준이 높아진다. 계속 그 음식물을 먹고 싶어 하는 욕구가 지속된다. 일정한 시간이 지나면 자신의 지속적인 갈망이 정상이 아닌 것을 깨닫고 욕망을 억제하고 싶으나 뜻대로 되지 않고 잘못된 욕구 상태는 지속된다.

이와 같은 상태는 곧 개인의 신체적·정신적·사회적 문제로 이어진다. 직장에서는 업무수행의 질이 떨어지고 학생의 경우 학업성적이 떨어진다. 일반적으로 소화기능이 떨어지고, 심장혈관의 기능이 저하되고, 체중이 크게 늘어나고, 우울증에 사로잡히게 되고, 자존심이 크게 떨어진다.

음식중독의 원인은 매우 복합적이고 이질적이다. 생물학적 원인, 심리학적 원인, 그리고 사회학적 원인으로 구분해서 이해할 필요가 있다. 생물학적 원인에는 호르몬의 불균형, 뇌 조직의 이상, 약물의 부작용, 그리고 가족 음식중독 역사가 포함된다. 심리학적 원인에는 정서적 이상, 성학대의 경험, 외상적 경험, 부정적 사태의 극복, 낮은 자존심, 등이 포함된다. 심리적 고통에서 벗어나기 위해 지속적으로 음식을 섭취하는 사람이 있다. 이것은 음식중독의 주요 증후이다. 이러한 음식섭취는 자신의 기감상태와는 무관하다. 음식중독을 유발하는 사회적 요인으로는 원만하지 못한 가족관계, 사회나 주위 환경의 억압 등이다. 이는 다른 중독장애와 마찬가지로 전문가의 도움을 필요로 한다.

행동특성

음식중독은 여러 가지 행동증후로 나타난다. 중요한 것은 다음과 같은 것들이다. 다음과 같은 증후가 심하다고 판단되면 전문가의 도움을 받아야 한다.

- 감당하기 어려운 양의 음식을 섭취하려고 한다.
- 병이 날 정도까지 음식을 섭취한다.
- 기감을 느끼지도 않는데 지속적으로 음식을 섭취한다.
- 남몰래 음식을 섭취한다.
- 사회적 관계를 회피한다.
- 음식을 섭취하는데 많은 시간을 보낸다.
- 효율성이 떨어지기 때문에 일을 하기가 어렵다.
- 특정한 음식에 많은 돈을 쓴다.
- 정력이 떨어지는 만성적 피로를 느낀다.

- 주의집중이 어렵다.
- 불면증이나 과잉수면으로 고통을 받는다.
- 안절부절 못한다.
- 머리가 아프다.
- 소화장애가 있다.
- 자살하고 싶은 생각이 든다.

부정적 영향

음식중독은 개인의 생활에 부정적 영향을 준다. 음식중독을 방치하면 보다 심한 신체적 증후가 나타난다. 이와 같은 사실을 염두에 두면 스스로 전문가의 도움이 필요하다는 사실을 깨닫게 된다. 음식중독은 신체에 부정적 영향을 준다. 왜냐하면 과도한 에너지를 음식소모에 지나치게 많이 소비하기 때문이다. 음식중독자가 겪는 신체적 부정적 효과는 다음과 같다.

- 심장병
- 영양실조
- 만성동통
- 두통
- 졸도
- 당뇨병
- 비만
- 수면장애
- 혼수상태
- 간장애
- 소화불량
- 만성피로
- 성욕감퇴
- 관절염
- 골다공증

음식중독은 개인의 정신적 건강을 위협한다. 특히 주위의 보살핌이 없거나 부적절한 도움을 받았을 때 다음과 같은 증후가 나타난다.

- 자기존중감의 저하
- 우울증
- 공황장애
- 불안증가
- 실망감
- 안절부절 못함
- 정서적 일탈
- 자살시도

뿐만 아니라 사회생활을 저해하는 등 다음과 같은 증후가 나타난다.

- 일의 능률 저하
- 이별
- 가족관계 손상
- 취미생활 결여
- 사회활동 기피
- 경제생활의 파탄

치료

자신이 음식에 중독되었다고 느끼거나 주위사람들에게 그러한 충고를 받으면 크게 실망한다. 이때 본인 스스로 적극적으로 전문가의 도움을 요청해야 한다. 전문기관에는 음식중독을 전담하는 의사가 있다. 여기서는 의학적 치료는 물론 여러 가지 심리치료와 상담을 병행한다. 그러므로 약물치료효과보다 훨씬 높은 치료효과를 얻을 수 있다. 그 외에도 음식중독 치료를 위해 중식중독·과일섭취·회복음식중독 어나니머스와 같은 특별그룹의 도움을 받을 수 있다. 12단계 치료기법도 음식중독의 치료에 널리 활용되며 그 효과도 매우 크다.

운동중독

사람마다 운동하는 목적은 다르다. 신체적 외모를 가꾸기 위해 운동하는 사람도 있고, 여가를 즐기기 위해 운동하는 사람도 있다. 다이어트 수단으로 운동하는 사람도 있고 알코올이나 약물중독에서 벗어나기 위한 수단으로 운동하는 사람도 있다. 운동하는 목적은 달라도 신체적 운동은 우리에게 많은 도움을 준다.

전체적으로 신체건강을 향상시킨다. 성장하는 아이들의 성장을 촉진시키고 고령자의 노화속도를 조절해준다. 신장혈관계통의 기능과 수면의 질을 향상시킨다. 소화기능과 출산기능을 향상시킨다. 체중을 조절해 미모를 유지하게 하고 자존감의 수준을 높인다.

이와 같은 신체적 운동의 효과를 좌우하는 것은 매우 다양하다. 무엇보다도 엔도르핀이나 도파민 같은 신경전달물질의 기능이 활성화된 결과로 보는 것이 옳다. 이는 운동이 주는 보상이다. 보상을 받은 사람은 다시 보상을 받기 위해 신체적 운동을 즐긴다. 신체적 운동은 운동하는 사람의 의사에 따라 수준과 강도가 조절된다. 그러므로 신체적 운동이 자신의 사회생활에 피해를 주지 않는다. 도리어 생활은 보다 활기가 넘친다. 이것이 신체적 운동에서 받은 보상이다.

신체적 운동에서 오는 긍정적 효과는 어떻게 생기는가? 이는 단순한 심리적 효과가 아니다. 그것은 생리적 기능의 효과이다. 신체적 운동은 신경전달물질인 엔도르핀이나 도파민의 분비를 향상시킨다. 향상된 엔도르핀이나 도파민의 각성은 곧 보상중추를 자극한다. 자극 받은 보상은 곧 개인의 행동변화로 이어진다. 성장하는 아이들의 발달을 촉진시키기도 하고 노화를 방지하기도 하고 단잠을 자게 하기도 하고 소화기능을 촉진시키기도 한다. 그래서 신체적 운동이 개인생활에 긍정적 영향을 준다고 한다.

여기까지는 정상적인 사람에서 흔히 있는 일이다. 불행하게도 우리 주위에는 잘못된 신체적 운동 때문에 자신의 사회생활은 파괴되고 대인관계가 손상되는 사례가 있다. 심지어 가정생활의 파탄을 가져오는 사례도 있다. 이것은 신체적 운동이 개인에게 주는 부정적 영향이다. 이것이 신체적 운동중독이다. 이들은 자신의 신체적 운동이 주위의 다른 사람에게 피해가 된다는 사실을 잘 인지하지 못한다. 설령 인지하고 행동을 조절하려고 해도 뜻대로 욕구를 스스로 통제하는 것이 불가능하다. 지나친 운동에 대한 욕구충족 때문에 사회생활에 지장을 주기도 하고 학생인 경우 학업을 충실하게 해내지 못한다. 오직 신체적 운동에 신경을 쓰고 있다.

이와 같은 과도한 신체운동에 대한 욕구는 정상적인 운동에 대한 욕구와 좀 다르다. 이들은 자기의 지나친 신체적 욕구가 주위사람들에게 피해가 된다는 사실을 충분히 인지하지만 그것을 자기 스스로 통정하는 것이 불가능하다. 이것은 단순한 현상이 아니다. 이는 신경계통의 내부에서 방출되는 엔도르핀과 도파민과 같은 신경전달물질의 활동과 깊은 관계가 있다. 신경전달물질은 신체적 운동을 통해 방출되는 물질로서 쾌감과 웰빙감을 촉진시킨다. 운동을 되풀이할수록 방출되는 신경전달물질의 기능도 보다 활성화되고 활성화된 신경전달물질에 의해 본인은 보다 큰 보상을 받게 된다. 여기까지는 정상인이 가지는 신체적 운동의 욕구의 특성과 크게 다르지 않다.

하지만 여기서 한 걸음 더 나아가면 정상적으로 신체적 운동을 하는 사람과 신체적 운동에 중독된 사람의 행동에 차이가 나타난다. 정상적으로 신체적 운동을 하는 사람은 자신의 주위사정, 또 자신의 필요에 따라 운동의 욕구를 자제하고 운동습관을 스스로 통제해 자기의 사회생활을 유지할 수 있다. 이와는 달리 신체적 욕구를 자제할 수 없는 경우 신체적 운동에 수반되는 보상을 얻기 위해 신체적 운동만을 추구한다. 회사원의 경우 회사일은 관심이 없고 학생의 경우 학교에 관심이 없다. 이와 같은 부적응행동이 곧 운동을 통한 보상을 얻기 위한 것이다. 신체적 운동의 중독은 곧 엔도르핀이나 도파민과 같은 신경전달물질의 기능활성화에서 오는 쾌감이나 웰빙감정을 과도하게 추구하는 결과로 볼 수 있다.

신체적 운동중독은 개인의 왜곡된 사고와도 깊은 관계가 있다. 운동을 통해 매력적인 신체를 가꾸어 보겠다는 생각도 그 가운데 하나이다. 외모를 가꾸기 위해 지나치게 운동을 하거나 실제 운동에 종사하는 사람을 볼 수 있다. 이는 섭식장애의 결과일 수도 있다.

신체적 중독은 흡연, 알코올, 불법약물 복용에서 벗어나기 위한 수단이 되기도 한다. 신체적 운동장애의 25%는 성중독이나 쇼핑중독과 같은 동시이환장애가 수반된다.

알코올중독이나 약물중독에서 벗어나기 위해 병적으로 운동에 몰두하다가 자신도 모르게 운동중독으로 발전하는 사례도 많이 있다. 이와 같은 현상은 금연을 위해 커피를 마신 사람이 카페인 중독이 되는 사례와 매우 유사하다. 이들은 신체적 운동을 통해 얻은 엔도르핀과 도파민 같은 신경전달물질의 유쾌한 감정과 높은 웰빙을 경험하기 위해 신체적 운동에서 벗어날 수 없다. 직장생활에 적응할 수 없게 되고 가정사에도 전혀 관심이 없다. 오직 유쾌한 감정과 높은 웰빙을 경험하기 위한 신체적 운동에만 관심이 있을 뿐이다.

신체적 운동중독에는 여러 가지 행동변화가 따른다. 신체적 운동을 중단하게 되면 금단증후가 나타나서 신체적 운동시간이 보다 길어지고 대인관계는 더 악화된다. 회사원의 경우 직무수행능력이 저하되고 학생인 경우 학습수행능력이 크게 떨어져 예기치 못했던 어려움에 직면하게 된다. 안절부절 못하게 되고 심한 불안을 겪게 된다. 욕구가 충족되지 못하면 신경이 매우 과민해진다.

증후/진단/치료

운동중독의 행동증후는 여러 가지로 나타난다. 중독의 증후는 다음과 같은 것들이 있다.

- 운동 후에 머리가 윙윙거린다.
- 장기간 운동을 중단하면 금단증후가 나타난다.
- 운동하고 싶은 욕구를 통제할 수 없다.
- 후속되는 운동을 위해 장시간 기다려야 한다.
- 운동규칙을 따르기 어렵다.

운동중독은 다른 중독이나 정신적 장애와 같이 진단이 쉽지 않다. 거기에는 몇 가지 원인이 있다. 운동중독자의 대부분은 자신의 문제를 전혀 인지하지 못한다. 또 자신의 어려움을 다른 사람에게 노출하는 편이 아니다. 그러므로 진단에 필요한 중요한 정보를 얻지 못한다.

운동중독자들은 매력적인 몸매를 갖고 싶은 욕구가 강하지만 사회적 활동범위는 크게 위축되어 있다. 물론 다른 중독 상태에서 벗어나기 위해 운동에 몰두하거나 새로운 운동을 목적으로 다른 형태의 운동을 선택하는 사람도 있으나 그 수는 별로 많지 않다.

효과적인 치료수단으로 자기 통제의 기능을 상승시키는 것이 중요하다. 자신의 운동욕구를 줄이기 위해 운동을 일시적으로 중단하기도 하는 등 운동중독은 자신의 노력으로 예방이 가능하다. 자기 스스로 운동에 권태를 느끼거나 쉬고 싶은 욕구가 생기면 적어도 한 주 동안 완전히 휴식을 취한다. 그래도 운동에 대한 강박적 생각이 들면 전문가의 조언을 얻는 것도 운동중독을 예방할 수 있다. 장기적으로 운동중독을 예방하기 위해서는 자기 스스로 중독성이 있는 물질, 예를 들면 많은 알코올이나 카페인이 함유된 음료는 삼갈 필요가 있다.

도박중독

귀중품손실을 피하기 위해 혹은 어떤 이익을 추구하기 위해 모험을 한다. 이것이 도박이고 이것이 지나치면 병적도박 혹은 도박중독으로 이어진다. 도박중독이 되면 자신의 행동이 자기에게는 물론 주위의 사람들에게 도움이 되지 못한다는 사실을 인지하지만 자신의 의지로 도박의 욕구를 통제하려고 해도 뜻대로 되지 못하고 계속 도박을 한다. 만일 그 욕구가 좌절되면 금단증후가 생겨 여러 가지 심신의 증후가 나타난다. 그 증후에서 벗어나기 위해 도박을 하지 않을 수 없다. 이와 같은 도박중독의 기제는 다른 중독과 크게 다르지 않다.

도박중독은 미국 정신의학회의 DSM－5의 물질사용장애에 수록된 공식진단 명칭이다. 미국 정신의학회는 도박중독을 약물중독이나 다른 중독과 같이 뇌의 보상중추의 활성화기능과 밀접한 관계가 있음을 강조하고 있다. 이러한 특성은 다른 중독과 그 기제는 매우 유사하다고 볼 수 있다. 중독을 일으키는 물질은 다르지만 그 기제는 크게 다르지 않고 나타나는 금단증후도 크게 다르지 않다. 미국의 자료를 보면 표집의 78%는 평생 한 번은 도박을 하는데 그 가운데 3%는 병적도박으로 진단된다는 사실을 알 수 있다.

병적도박은 아동기나 청소년기에 발병한다. 청소년의 병적도박의 성차가 크다. 남성과 여성의 병적도박 비율은 5 : 3으로 남성의 병적도박의 비율은 여성의 병적도박 비율보다 높다. 발병시기도 성차가 크다. 남성은 이보다 일찍 발병하는 경향이 있다. 남성은 여성에 비해 문제도박에 쉽게 빠지는 경향이 있다. 이들은 말년에 가면 보다 심한 도박문제를 야기하게 된다. 여성은 남성에 비해 도박을 다소 늦게 시작하지만 말년에 가면 그 발전 속도는 남성에 비해 훨씬 빠르게 진행된다.

선호하는 도박의 종류도 성차에 따라 다르다. 남성은 일반적으로 책략이 요구되는 것, 게임에 대한 지식을 바탕으로 유리한 결과가 예상되는 도박을 더 선호한다. 포커와 같이 1:1로 수행되는 도박이나 스포츠도박과 같이 행동중심의 도박을 선호한다. 이와 달리 여성은 도박에 대한 지식을 요구하지 않고, 어려운 의사결정을 거치지 않는 종류의 도박을 선호한다. 협동하는 도박이나 슬로트 같은 도피성향이 짙은 도박을 선호한다.

도박을 통해 얻고자 하는 것도 성차에 따라 다르다. 여성은 의기충천감을 경험할 수 있는 게임을 선호하는가 하면 남성은 어려움을 극복하는 기술이 필요한 도박을 선호한다. 즉 여성은 불쾌한 감정을 극복하는데 도움이 되는 도박, 고독을 극복하는데 도움이 되는 도박을 선호하고 남성은 위험극복을 통해서 감흥을 경험할 수 있는 도박을 선호한다. 이는 남성도박은 행위장애의 특성이나 충동성과 같은 심리적 특성과 깊은 관계가 있고 여성도박은 불안이나 우울증과 같은 감정상태와 깊은 관계가 있다.

도박자의 성격특성에도 성차가 있다. 여성도박자는 불쾌감 수준이 높다. 이와 달리 남성도박자는 충동성 극복, 센세이션 씨이킹 수준과 위험극복행동수준이 높다. 남성도박자의 사회불안수준은 여성도박자의 사회불안수준보다 높다.

도박중독의 뇌에서는 신경전달물질이 분비된다. 이는 중독자에게 쾌감과 수준이 높은 웰빙감정을 상승시켜주는 기능을 한다. 이 감정은 테스토스테론 분비로 성차가 있다. 남성의 테스토스테론 분비수준은 여성의 테스토스테론 분비수준보다 높다. 분비되는 테스토스테론 수준에 따라 위험한 행동을 감행할 위험성이 다르다. 남성이 여성보다 위험한 행동을 감행할 위험성이 높다.

도박중독은 주위환경의 영향을 예민하게 받는다. 도박중독자가 이웃이나 가족에 있을 때 도박중독에 빠진 위험성이 높다. 도박중독 부모가정에서 성장하는 아이들의 경우 딸들이 아들보다 도박중독에 빠질 가능성이 더 높다. 그러므로 실제 진단에서는 이와 같은 점을 깊이 고려할 필요가 있다. 도박중독을 진단할 때 가정과 친구관계에 역점을 두는 것은 바로 이러한 특성을 깊이 고려한 것이다.

일반적으로 도박은 개인의 환경적 특성에 의해 결정된다. 교육수준이 낮고 수입이 적고, 극복책략이 빈곤할수록 병적도박에 빠지기 쉽다. 또한 문제도박의 발생과 전파는 인구학적 사회적 변인에 의해 결정된다. 병적도박이 보다 빈번한 집단이 있다. 물론 여기에서도 성차가 나타난다. 여성집단에서는 중년여성, 저소득집단, 고졸여성, 미혼여성, 생활스트레스를 많이 받는 집단, 극복 수준이 빈약한 집단에서 보다 빈번하게 발생한다. 도박을 즐기는 여성은 도박과 관계되는 단서에 대해 보다 예민하게 반응한다. 치료에 대한 예후가 매우 빈약하고, 자살기도자가 많고, 부정적 감정상태가 심하다. 병적도박 여성의 10%는 매춘부가 되는 경향이 있다.

이와는 대조적으로 남성집단에서는 결별생활, 이혼자, 사회적 지지를 받지 못하는 사람, 그리고 부정적 극복책략수준이 높은 사람에서 보다 빈번하게 발생한다.

오락을 위한 도박자에서는 알코올과 니코틴의 상호작용의 효과가 두드러지게 나타난다. 즉 병적도박은 도박중독, 문제도박 등 여러 가지 서로 다른 이름으로 통용된다. 어느 것이나 우리가 흔히 말하는 도박의 중독현상을 의미한다. 로또복권을 사는 것에 많은 시간을 소비하기도 하고 정기적으로 카지노출입을 한다. 경제적 여유가 없는데도 도박중독자는 이러한 문제 때문에 가족, 친척, 친구들과 심한 갈등을 겪는다. 이것이 도박중독의 일부증후이다. 확실한 자료는 아니지만 미국성인의 2~5%가 도박중독으로 진단된다는 자료가 있다.

도박중독자에는 강박적 성격소유가가 많다. 도박중독자는 여러 가지 개인적 사회적 문제를 안고 생활한다. 가족갈등이 심하고 물질적 손실이 많고 건강상태가 좋지 않다. 여러 가지 범법행위를 한다.

다행히도 도박중독자는 다른 중독자와는 달리 사회적 도움을 받을 기회가 많다. 단순히 로또복권을 산다든지 간혹 카지노에 출입했다고 해서 도박중독자로 진단할 수 없다. 이러한 욕구에 강박적으로 사로잡히거나 그 욕구가 충족되지 않으면 그 욕망을 버리지 못하고 지속적으로 그리고 강박적으로 생각한다. 이것이 자신의 일상생활에 문제가 되었을 때에는 도박중독으로 진단할 수 있다. 도박중독자는 자신의 행동이 사회적으로 법률적으로 그리고 경제적으로 바람직하지 않다는 사실을 잘 알면서도 강박적 도박욕구에서 벗어나지 못할 때 도박중독자로 진단할 수 있다. 도박중독자는 도박자금을 얻기 위해 도둑질도 하고 가족이나 친구들에게 거짓말을 하는 것이 보통이다.

행동특성

도박중독자의 증후는 다른 중독이나 질병의 증후와 같이 외부로 노출되지 않는다. 일상생활에서 도박중독자는 자신이 중독자라는 사실을 잘 알지 못한다. 자신은 자신의 도박증후를 인지하지 못하지만 친구나 가족들에 의해서 감지된다. 실제 도박장애에서 나타나는 도박중독자의 몇 가지 행동특성은 다음과 같다.

- 로또, 카지노 등에 대한 생각에서 벗어나지 못한다.
- 도박을 즐기기 위해 가정, 직장, 사회생활 등을 회피한다.
- 자기에게 도박증후가 있다는 사실을 귀띔한 친구나 가족을 회

피한다.

- 도박에서 진 빚을 갚기 위해 도둑질을 한다.
- 도박 빚을 갚기 위해 자신의 소유물을 팔아넘긴다.
- 도박의 욕구통제가 불가능하다.
- 금전적 책임을 회피한다.
- 도박에 대한 소문을 퍼뜨린다.
- 자신의 행동을 거부하거나 자신의 문제를 축소하려 한다.

주어진 상황의 특성에 따라 도박의 충동은 발동한다.

- 도박욕구통제가 어렵거나 불가능하다고 판단될 때 도박을 한다. 도박판을 뜨기 쉽지 않다.
- 마지막 돈이 고갈될 때까지 도박을 계속한다. 자신의 돈을 회수하기 위해 가진 돈을 모두 쓴다.
- 자신이 도박중독이 되었다는 사실을 가족에게도 숨긴다. 가족이나 친구가 그가 중독되었다는 사실을 알게 되면 그들 몰래 도박을 한다.
- 도박할 여유가 없는데도 도박을 위해 돈을 쓴다. 신용카드나 돈이 될 수 있는 것은 아끼지 않고 이용한다. 도박자금을 마련하기 위해 도둑질도 하고 자신이 가진 물건을 가리지 않고 팔아버린다.
- 도박을 중단하고 싶으면서도 도박장을 자주 출입한다. 도박을 중단하고 싶지만 뜻대로 되지 않는다. 도박을 계속한다.

치료와 극복

도박중독의 증후는 사람에 따라 다르고 치료방법도 중독자의 특성에 따라 다르다. 치료에 있어서 치료자는 환자로 하여금 자신에게 중독의 문제가 있고 전문가의 도움을 받아야 한다는 결심을 하게 하는 것이 무엇보다도 중요하다. 도박은 표면에 드러나지 않고 숨겨진 중독이기 때문에 자신에게 문제가 있다는 사실을 스스로 깨닫는 것이 무엇보다도 중요하다. 특히 도박중독의 상태가 극에 달해 경제적 문제가 심각하고 대인관계가 손상된 상태에서는 더욱 어렵다.

도박중독 치료기술은 매우 다양하다. 많은 도박중독자들이 참여하고 있는 것은 중독자 어나니머스이다. 이 치료기술에 심리치료 특히 인지행동치료는 도박중독장애의 증후치료는 물론 그가 직면한 스트레스에서 해방시키고 잠재적 중독행동의 욕구를 경감시키는데 큰 효과가 있다. 인지행동치료를 통해 도박중독자의 잘못된 생각을 보다 긍정적으로 생각하고 행동할 수 있게 도움을 준다. 도박중독자는 인지행동치료를 통해 여러 가지 행동변화를 스스로 경험할 수 있다. 중요한 변화로는 다음과 같다.

- 도박중독자는 인지행동치료를 통해 새로운 흥미거리를 찾을 수 있다. 이는 도박에서 경험하는 스릴을 경험할 수 있다.
- 도박에서 경험하는 감정적·외상적 경험에서 벗어나 전문가나 다른 사람의 도움을 추구한다.

- 도박에 의한 지루한 감정에서 벗어나 지루한 시간보다 새로운 흥미를 추구하고, 새로운 생활을 추구한다.
- 도박으로 스트레스를 극복하는 것보다 스트레스를 극복하기 위해 운동을 한다.
- 도박에서 진 빚을 갚기 위해 도박을 계속하기보다 채무자에게 채무를 해결할 수단으로 새로운 일자리를 부탁하기도 한다.

치료과정에서 환자들은 도박의 충동을 심하게 느낀다. 이는 정상적인 욕구이다. 특히 회복단계에서 이와 같은 욕구수준은 더 높아진다. 그러나 이것을 긍정적으로 극복하기는 쉽지 않다. 이를 정상적으로 극복하는데 다음과 같은 방법이 매우 효과적이다. 이는 재발의 위험이 따르지 않는 것이 특징이다.

첫째, 지지를 받는다. 치료과정에서 주위사람들의 도움을 받는 것이 중요하다. 도움이 필요할 때 일차적으로 가족이나 친구의 도움을 받는다. 도박 어나니머스에 참석해 자기와 유사한 문제를 경험하였거나 경험을 하고 있는 사람을 만나 도움을 받는 것도 바람직하다.

둘째, 기분전환을 한다. 치료과정에서 권태감을 느끼면 새로운 과제로 대치한다. 정신이 산만해지면 그 상황에서 벗어난다. 주위상황이 달라지면 도박하고 싶은 생각에서 효과적으로 벗어날 수 있다. 신체적 운동을 하기도 하고, 영화관에 가서 친구들과 영화를 감상하는 것도 도박충동에서 벗어나는 효과적 방법이다.

셋째, 도박을 유보한다. 로또를 사고 싶거나 카지노에 가고 싶은 생각이 들면 당장 로또를 사거나 카지노에 가는 것을 일단 미뤄본다.

이런 지연 작전을 통해 도박의 관심에서 점진적으로 벗어날 수 있다.

넷째, 자기점검을 한다. 위와 같은 방법으로 도박욕구가 극복되지 않을 때에는 스스로 자기 생활을 되새겨 볼 필요가 있다. 만일 도박을 지속했을 때 자기에게 어떤 변화가 오며, 금전문제는 어떻게 처리할 것이며 불행하게도 재발될 때는 어떻게 될 것인가를 생각해 본다. 이것은 잘못된 행동에 빠지는 것을 효과적으로 방어할 수 있다.

부정적 영향

도박중독은 본인은 물론 주위 사람들의 생활을 황폐화시킨다. 이를 방지하기 위해 개인이 도박을 위해 쓸 수 있는 상한액을 정해 놓고 있다. 미국의 경우 연간 500만 달러를 초과해서는 안 된다는 것을 법으로 지정하고 있다. 하지만 상한액을 지키는 도박자는 별로 없다. 대부분의 도박중독자는 수백 수천억 원을 도박을 위해 사용한다. 그 외에 부정적 결과로는 다음과 같은 것들을 들 수 있다.

- 도박중독자는 자신과 가족의 금전적 문제, 예를 들면 부채, 빈곤, 경제적 파탄을 야기한다.
- 가족폭력과 아동폭력을 일으킨다.
- 자살할 생각을 한다. 실제 자살을 감행하기도 한다.
- 법률적 문제, 예를 들면 범죄에 빠지기도 한다.
- 도박중독자의 자녀들도 유사한 범행을 유발한다.

인터넷 중독

인터넷기술의 발달은 우리 생활을 보다 풍요롭고 유용한 변화를 가져다 준 것은 어느 누구도 부인할 수 없다. 하지만 그것이 우리에게 가져다 준 병폐도 이만저만이 아니다. 그 가운데 하나가 인터넷 중독이다. 인터넷 중독의 기제는 매우 간단하다. 개인이 인터넷 사용욕구를 자신의 의지에 따라 자유롭게 통제하고 싶지만 그것이 뜻대로 되지 않기 때문에 지속한다. 이것은 음식중독자가 음식섭취의 욕구, 도박중독자가 도박의 욕구를 자기의 의지에 따라 통제가 불가능한 것과 크게 다르지 않다. 또 그러한 욕구를 촉발시키는 생물학적 기제인 신경전달물질의 활성화 현상도 같다. 다만 그 대상만 다를 뿐이다.

인터넷 중독의 문제는 이제 개인이 해결해야 할 문제가 아니다. 그것은 사회적 문제가 되어버린 지 오래 되었다. 인터넷 중독은 개인이나 사회를 퇴폐시키는 일종의 질병이다. 이는 행동중독 가운데 역사는 가장 짧으나 심리학자의 가장 큰 관심의 대상이 되고 있다. 이것은 개인의 필요를 넘어서 사회적 요청이다. 우리는 이제 인터넷에서 기인한 심신의 건강문제를 해결해야 할 큰 문제를 안고 있다. 인터넷 사용자의 급격한 증가는 인터넷 중독자의 증가로 이어져 세계적으로 해결해야 할 문제로 부각되었다. 인터넷 중독의 문제는 10대 연령층에서 보다 심각하다. 그 원인은 그들이 겪고 있는 의사전달수단의 변화에서 찾을 수 있다. 신세대들은 의사소통수단으로 인터넷을 선호한다. 이들은 전통적 의사소통수단 대신 e－메일, 블로그, 포럼 등을 선호한다.

인터넷은 개인생활에 여러 가지 부정적 효과를 준다. 무엇보다도 시간낭비의 결과로 이어진다. 인터넷 중독은 여러 가지 형태로 나타난다. 시간감각을 상실한 나머지 지나치게 많은 시간을 컴퓨터 앞에서 소비한다. 중독이 심해질수록 그에 소비하는 시간이 더 많아진다. 컴퓨터 사용이 여의치 않게 되면 불쾌한 기분에 사로잡히게 되고 사회생활적응이 어려워진다.

인터넷게임은 성차가 크다. 병적도박과 같이 남성은 여성에 비해 비디오게임이나 컴퓨터게임을 즐긴다. 그래서 남성이 여성에 비해 컴퓨터 사용기간이 길다. 또한 부모의 생활습관이 자녀의 인터넷 게임 선호와 깊은 관계가 있다. 부모의 음주습관과 조기 청소년의 인터넷 중독은 밀접한 관계가 있다. 부모가 심한 음주자일 때 그의 자녀들은 보다 심한 인터넷 중독의 문제를 겪는다. 그들은 교우관계는 물론, 교사, 부모와의 관계도 나쁘다.

인터넷 중독에는 과잉활동증이나 자폐증과 같은 동시이환장애가 수반된다. 그들은 주의기능이 저하되고 충동성 장애를 겪는다. 남성은 여성에 비해 주의기능이 크게 떨어진다.

인터넷 기술은 매우 짧은 기간에 급속도로 발달했다. 인터넷의 모체는 1950년대에 개발된 전자컴퓨터 기술이다. 컴퓨터 중독 인구는 확실하게 밝혀진 것이 없다. 문화적 생활배경에 따라 서로 다르다. 전체 세계인구의 1.5~8.2%가 컴퓨터 중독자로 추산된다. 미국에서는 전체 인구의 0.3~0.7%가, 독일에서는 전체 인구의 3%가, 이탈리아에서는 전체 인구의 5~5.4%가, 그리스에서는 전체 인구의 10.4%가, 그리고 영국에서는 전체 인구의 18.3%가 각각 컴퓨터 중독으로 진단 가능하다.

진단기준

행동중독의 대상은 매우 다양하고 복잡하다. 간편한 진단기준은 존재할 수 없다. 다행히 행동중독의 진단기준을 모체로 하여 인터넷 중독 진단기준이 마련되고 있다. 행동중독 진단기준을 개발한 사람은 Bonaventure대학 경영학 교수 Kimberly Young이다. 그녀는 세계적 명성을 얻은 인터넷 중독 전문심리학자이기도 한다. Young이 제시한 인터넷 중독 진단기준은 다음과 같다.

- 인터넷에 대한 생각에 사로잡힌다(이전에 경험한 인터넷 행동, 앞으로 경험하게 될 인터넷 행동).

- 생활만족을 얻기 위해 인터넷 행동에 몰두하는 시간이 점점 길어진다.
- 인터넷 사용을 중단하려고 노력하지만 뜻대로 되지 않는다. 이런 일이 반복된다.
- 인터넷 사용을 중단하려고 하면 안절부절 못하고, 기분이 자꾸 변하고, 불안해진다.
- 예정했던 시간보다 많은 시간을 인터넷 사용에 소비한다.
- 인터넷 사용 때문에 대인관계, 직장, 혹은 일반사회생활에 지장을 받는다.
- 친구, 가족, 직장동료에게 인터넷 사용시간을 솔직하게 말하지 못하고 거짓말을 한다.
- 자신이 직면한 어려움을 기피하기 위해 수단으로 인터넷을 한다.

위에 제시한 8가지 기준 가운데 5가지 기준에 해당되면 인터넷 중독의 가능성이 높은 것으로 판단한다.

행동특성

질병을 일으키는 것은 생물학적인 요인이다. 그에 못지않게 중요한 것이 심리학적 요인이다. 특히 성격요인이 차지하는 비중이 크다. 질병을 유발할 위험성이 높은 성격이 있다. 이를 질병 유발성 성격이라고 한다. 인터넷 중독도 성격특성과 별개일 수 없다. 그러한 중독을 유발할 위험성이 높은 성격이 있다. 이것이 인터넷 중독 위험성이 높은 성격, 인터넷 중독성격이다. 그들이 경험하는 스트레스 수준은 정상인과 비교할 때 매우 높다. 인터넷 중독자는 인터넷을 통해서 긍정적 감정을 경험한다. 그들이 컴퓨터를 통해서 얻는 위로의 수준이 가정에서 부인으로부터 얻는 감정적 위로수준보다 높다.

인터넷 중독은 일종의 강박성·충동성 장애이다. 그들에는 몇 가지 중요한 특성이 있다. 시간관념 없이 컴퓨터에 열중한다. 또 개인의 기본생활이 부정적 변화를 가져온다. 금단증후는 컴퓨터가 잘못 작동되면 흥분하고 긴장하며, 우울해지는 특성을 의미한다. 감내성이 높아져서 보다 성능이 좋은 컴퓨터 기기를 갖기를 원하고, 보다 많은 소프트웨어를 갖고 싶어 하고, 보다 많은 컴퓨터 활용시간을 갖고 싶어 한다. 부정적 영향은 주위사람들과 언쟁하고, 거짓말을 하고, 사회적으로 고립되고, 심한 피로감을 느낀다. 대부분의 중독, 특히 인터넷 중독에는 동시이환장애가 수반된다. 수반되는 장애는 연령차에 따라 서로 다르다. 성인의 경우에는 우울증, 불안, 알코올 남용, 아동학대, 충동통제장애 그리고 공격성이 흔하게 수반된다.

이와는 달리 청소년의 경우에는 성격장애, 충동통제장애, 행위장애, 그리고 행동장애가 따른다. 인터넷 중독에는 특이한 성격특성이 있다. 정신병적 경향성, 신경증적 경향성, 센세이션 씨이킹 동기, 위험회피·신기성 추구, 보상의존 그리고 협동성의 부족과 같은 것이 대표적 성격특성이다.

부정적 영향

물질이나 약물중독에는 여러 가지 심리적·신체적 증상이 나타난다. 알코올중독은 간경변으로 이어지고 코카인 사용은 졸도로 이어지는 점과 같이 인터넷 중독도 여러 가지 신체적 질병이 수반된다. 일반적으로 인터넷 중독은 인터넷 사용시간에 따라 크게 달라진다. 인터넷 사용시간의 기준도 일정치 않지만 주당 40~80시간이 일반적 시간기준이다.

인터넷 중독에는 수면장애와 같은 신체적 증후가 따른다. 인터넷 중독자는 자신의 욕구충족을 위해 밤늦게까지 컴퓨터에서 손은 떼지 못한다. 새벽 2~3시까지 계속하는 사람이 있는가 하면 이른 아침까지 계속하는 사람도 있다. 심한 중독의 경우 보다 많은 컴퓨터 로그인 시간을 갖기 위해 카페인을 복용하기도 한다. 인터넷 사용 때문에 수면박탈시간이 길어지면 신체적·심리적 장애도 심해진다. 심한 피로를 느끼기도 하고 이는 사무능력의 저하로 이어진다. 학생의 경우는 학업성적이 저하되고 면역기능이 크게 떨어진다. 이로 인해 여러 가지 질병을 얻게 된다. 길어진 컴퓨터 로그인 시간은 신체적 운동부족으로 이어지기 때문에 요통이나 안과질환을 피할 수 없게 된다.

물질중독에는 신체적 질병이 수반되는 것과 같이 행동중독, 인터넷 중독에도 여러 가지 정신적 문제가 수반된다. 인터넷 중독은 예기치 못한 가족 간의 문제로 이어지고 직장에서는 원만한 직무를 수행할 수 없게 된다. 학생의 경우 학업성적의 저하로 이어진다. 인터넷 중독자의 53%는 심한 가족 간의 문제에 직면하고 있다. 부부갈등이 심하고 부모자녀의 관계가 원만치 못하다. 이들은 컴퓨터 앞에서 혼자서 지내는 시간이 매우 길다. 인터넷 중독자는 가정에서의 책무를 감당할 수 없다.

배우자 가운데 자기 스스로 사이버 과부가 된 것 같은 느낌이 든다고 호소하는 사람이 많다. 일반 사람들이 가정에서 일을 하듯이 인터넷 중독자는 컴퓨터 일에 열중한다. 이러한 일을 빼놓고는 별로 하는 일이 없다. 심한 경우 컴퓨터에 접촉하는 것 외에는 자신의 할 일도 잊어버린다. 학교에서 돌아올 시간이 되어도 컴퓨터에 열중한 나머지 아이를 잃어버리는 사례도 있다. 컴퓨터에 열중하게 되면 일상가정사도 모두 제쳐놓아 버린다. 배우자가 병적으로 컴퓨터에 열중하는 것을 배우자는 쉽게 알 수 있다. 하지만 이를 대수롭지 않은 것으로 생각할 뿐만 아니라 소실될 것으로 믿어 버린다. 사실 컴퓨터에 몰입하는 시간은 가정불화의 불씨가 되어 가정 내에 빈번하게 불안감정을 폭발한다. 결혼문제 전문변호사의 한 통계에 의하면 사이버 사건이 증가하면 이혼율이 크게 증가한다고 한다. 배우자의 인터넷 중독은 가정불화의 씨앗이 된다. 심한 부부갈등을 유발한다. 부부의 외출이나 야외활동은 크게 줄어들고 대화시간이 점차적으로 줄어든다.

교사나 사서의 자료를 보면 컴퓨터 사용학생의 86%는 학업성적이 크게 낮을 뿐만 아니라 학습습관이 크게 퇴화되었다는 사실을 알 수 있다. 이와 같은 사실을 입증하기 위해 Alfred대학교의 Provost Richard는 이유 없이 성적이 떨어지는 AST 1200~1300 학생들을 조사한 바 43%의 학생들이 밤늦도록 컴퓨터에 몰입한 사실이 밝혀졌다. 인터넷 활용을 통제하지 못하면 학업성적은 크게 떨어진다. 미국의 상위 1000에 속한 회사를 대상으로 한 연구에서 업무와 무관한 인터넷에 빠져 사는 사람들의 업무능력은 점차적으로 쇠퇴한다는 사실이 발견되었다.

2007년 국제청년위원회가 주최한 청년 인터넷 중독의 상담과 치료를 주제로 한 국제 심포지엄에서 발표된 것이다. 한국아동(2.1%, 6~19세)의 21%는 컴퓨터 중독치료를 받을 필요가 있고 이들의 80%에게는 향정신성 약물치료와 상담을 병행할 필요가 있다. 인터넷 중독은 한정된 국가의 문제가 아니라 모든 국가가 직면하고 있는 문제다. 이와 같은 사실을 입증하는 용인된 자료를 보자. 이 자료는 인터넷 중독에 관한 중국도 예외가 될 수 없다. 13.7%는 인터넷 중독 기준에 부합된다. 이 중 1,000만명은 10대 연령층이다.

쇼핑중독

쇼핑중독에 대한 개념을 최초로 소개한 것은 독일의 정신의학자 Eugen Blueler(1856~1939)와 Emil Kraepelin(1857~1926)이다. 이들은 쇼핑중독의 개념을 강박적 구매장애로 소개하였다. 쇼핑중독은 일종의 강박적 행동으로 자신의 필요와는 상관없이 물건을 구매하는 것으로 방화광의 행동과 매우 유사하다. 강박적 쇼핑은 특정문화의 산물이 아니고 세계적인 현상이다.

쇼핑중독자는 쇼핑 후에 심한 불만을 느끼는데 남성이 느끼는 불만은 여성이 느끼는 불만보다 그 수준이 더 높다. 실제 쇼핑에 있어서 구매의 품목도 성차가 있다. 남성은 전자제품이나 운동기구를, 여성은 옷, 신발, 그리고 CD를 선호하는 경향이 있다.

쇼핑중독은 매우 흔한 강박성 장애로 미국의 경우 전체 인구의 5.8%로 다른 심리적 장애보다 훨씬 많은 편이다. 특정지역 사회의 표집을 대상으로 조사해보면 쇼핑중독은 전체 지역 주민의 80~95%

로 월등히 높아진다. 쇼핑중독은 비교적 일찍 발병하는데 10대 후반에서 20대 후반에 많이 발병한다. 쇼핑중독은 유전된다. 쇼핑중독의 가족사를 조사해보면 그들 부모의 대부분이 기분과 불안장애가 심하고 물질중독이 많다.

행동특성

쇼핑중독자들은 쇼핑과 소비에 관심이 많다. 그들은 물건을 사고 돈을 쓰는데 많은 시간을 보낸다. 강박적 쇼핑을 선호하지만 돈 쓰는 것을 피하는 사람도 있다. 이들은 쇼핑욕구를 충족시키기 위해 물건을 창문을 통해 보고 즐기는 경향이 있다. 사실 이런 사람들은 흔하지 않다.

쇼핑은 크게 3단계를 거쳐 이뤄진다. 1단계에서 구매자 혹은 쇼핑하는 사람은 쇼핑몰을 선정할 때 신중하게 고려한다. 2단계에서 구매자는 언제, 어디에서, 어떤 물건을 사고 어떻게 대금을 계산할 것인가를 결정한다. 사용할 신용카드도 선택한다. 3단계에서 실제 쇼핑을 한다. 쇼핑 후에 구매자는 흥분하는 감정을 경험한다. 낙담을 하기도 하고 자기실망감에 사로잡히기도 한다. 구매자는 쇼핑 전후에 서로 다른 감정을 경험한다. 즉 쇼핑 전에는 우울증, 불안, 권태감, 분노, 자기비하와 같은 부정적 감정을 느끼다가도 쇼핑 후에는 부정적 감정은 긍정적 감정으로 대치된다. 구매자는 의기충천감을 새롭게 경험하게 된다.

쇼핑중독자에게는 그들 특유의 구매습관이 있다. 즉 일반 구매자와는 달리 독자적 쇼핑을 선호하는 경향이 있다. 거기에는 몇 가지 이유가 있다. 우선 그들은 다른 사람과 쇼핑할 때 느끼는 심리적 불안감에서 벗어나기 위해서이다. 또한 구매자가 선호하는 장소는 일정치 않다. 구매충동이 생기면 아무데서나 물건을 산다. 규모가 큰 패션몰도 좋고 소규모의 상점도 좋다. 쇼핑의 욕구가 충족되면 어디에서나 물건을 산다. 성의 특성에 따라 서로 구매 품목은 다르다. 여성중독자가 선호하는 것은 의류, 신발, CD, 보석, 화장품, 그리고 가사용품 등이다. 이들이 선호하는 물건은 고가품은 아니다. 그러나 구매하는 수량이 많다. 남성이 선호하는 쇼핑물은 여성이 선호하는 것과는 다르다. 이들이 선호하는 것은 하드웨어 물품이다.

쇼핑중독자라고 해서 소비에 따르는 경제적 부담에 관심이 없는 것은 아니다. 그들의 85%는 쇼핑에 소요되는 비용에 대해 걱정을 많이 한다. 그들의 74%는 쇼핑욕구를 스스로 통제하는 것이 불가능하다. 이와 같은 사실은 구매자의 자기보고자료에 잘 나타나 있다. 중독구매자의 92%는 구매욕구를 스스로 자제하려고 하지만 자기의 뜻대로 되지 않는다는 사실이 한 조사에서 밝혀졌다. 쇼핑중독자의 쇼핑욕구는 일반적으로 이유 없이 지속된다. 이 욕구는 자기에게 특별한 계기가 있을 때, 예를 들면 성탄절, 가족이나 친구에게 경사가 있을 때 더 강하게 발동한다. 쇼핑중독은 경제적 상태와는 무관하다. 돈이 많아서 물건을 사는 것은 아니다. 쇼핑중독자의 수입은 비교적 낮은 편이다. 수입과는 무관하게 충동적으로 발동하는 구매욕구의 기능이 상실한 상태이다.

역학과 치료

쇼핑중독은 단일중독이 아니다. 쇼핑중독에는 다른 정신의학적 장애가 수반된다. 쇼핑중독에 수반되는 일반적 정신적 장애로는 기분장애(21~100%), 불안장애(41~80%), 약물장애(21~46%), 음식장애(8~35%), 그리고 충동통제장애(21~40%) 등이다. 발병빈도는 장애자의 환경적 조건에 따라 다르다.

쇼핑중독은 성격특성과 밀접한 관계가 있다. 관계가 있는 성격특성은 강박신경증(22%), 회피성 성격(15%), 경계성 성격장애(15%)이다. 쇼핑중독은 단순히 과도한 쇼핑욕구의 통제불능의 산물이 아니다. 그것은 신경전달물질 특히 세로토닌, 도파민, 아편제의 장애의 산물일 수도 있다.

쇼핑중독의 발병빈도는 경제적 수준과도 깊은 관계가 있다. 선진국의 쇼핑중독의 빈도는 후진국의 쇼핑중독의 발병빈도보다 높다. 경제적으로 여유가 있고 시장중심경제체제가 발달한 나라일수록 쇼핑중독자의 빈도가 높다. 이러한 사실을 보면 경제적 빈곤사회에서는 쇼핑중독이 크게 문제가 되지 않을 것으로 생각하지만 개인적 수준에서 보면 반드시 그런 것도 아니다.

쇼핑중독에 대한 근거중심치료결과는 많이 소개되어 있지 않다. 그들에 대한 치료는 약물치료에 의존하고 있다. 쇼핑중독 치료에 향정신제가 많이 쓰이고 있다. 이들의 치료효과에 못지않게 좋은 효과를 주는 것이 심리학자가 선호하는 인지행동치료이다. 이는 정신역동적 치료의 자리를 점한 기술이다. 심리학자가 주관하는 인지행동치료는 집단을 대상으로 치료한다. 이는 12주 치료의 결과보다도 월등하게 높은 치료효과가 있는 것으로 입증되었다. 그 효과는 6개월 이상 지속된다는 사실이 추적조사에서 입증되었다. 근자에 종합적 자료치료기술이 도입되었는데 이는 인지행동치료에 자아모니터링의 기술을 병합한 것이다.

쇼핑중독은 필연적으로 금전적 고통을 받는다. 이를 해결하기 위해서 금전카운셀러의 도움을 받을 필요가 있다. 이들을 위한 조직이 채무자 어나니머스이다. 이는 알코올 어나니머스에 기반을 두고 개발된 것으로 쇼핑중독 때문에 고통을 받은 사람들의 자조모임으로 이 모임에서 서로 도움을 주고 받는다.

여러 가지 치료를 받았지만 쇼핑중독의 증후가 경감되거나 소실되지 않을 때에는 정신약물학적 치료를 시도할 필요가 있다. 쇼핑중독은 항우울제 치료에 대한 반응이 좋다. 항우울제의 일종인 시탈로프람에 의한 치료효과도 높이 평가되고 있다.

성중독

성중독은 과잉성장애라고도 불린다. 여기에는 여러 가지 성행동의 장애, 예를 들면 색정증, 돈후앙증, 음란증, 과잉 성충동, 과잉성장애가 내포되었기 때문에 진단분류가 쉽지 않은 장애이다.

1812년에 미국사회에 성중독의 개념을 소개한 것은 미국의학을 개척한 Benjamin Rush(1746~1813)이다. 1900년대에 독일의 정신과 의사 Richard Von Krafft-Ebing(1840~1902)은 최초로 성에 대한 욕구가 병적으로 강한 성적 이상사례를 학계에 발표하였다.

성적중독의 개념이 미국 의학계에 소개된 것은 1970년대로서 그 역사는 매우 짧다. 당시의 의사들은 성적욕구를 자신의 의지로 통제가 불가능한 사태를 성중독으로 진단하고 그 기제를 밝히기 위해 알코올 중독과 비교하였다.

성중독을 정신병으로 진단하는 의사도 있다. 미국의 의사 Patrick

Cames(1944~)이 대표적 전문가이다. Thomas Mick와 Eric Hollander는 성중독을 충동성과 강박성이 결합된 장애로 주장하고 있다. 성중독은 자신의 의지로 성에 대한 욕구, 감정, 사고에 대한 통제가 불가능한 상태이다. 또 정상적인 성행동의 표출이 불가능하다. 그러므로 이들의 성행동은 비상식적으로 수행된다. 성중독은 자신의 비정상적인 성행동이 자기에게 큰 피해가 된다는 사실을 충분히 인지하지만 그것을 자신의 의지로 통제하는 것이 불가능하다. 그러므로 성생활에 큰 변화를 가져오지 못한다.

행동특성

미국의 자료를 보면 성장애 및 그에 관련되는 장애의 발병빈도는 전체 인구의 3~16.8%로 다른 중독에 비해 많지는 않은 편이다. 성범죄자, HIV환자, 색광자 집단에서 발생하는 성중독자의 비율은 정상집단에 비해 월등하게 높다.

성중독의 발병빈도는 성차가 크다. 여성성중독은 남성성중독보다 월등하게 많다. 성중독자에서는 정신적 이상증후를 쉽게 발견할 수 있다. 성중독자의 90% 이상에서 성적환상이 뚜렷하게 나타난다. 남성에서는 12.1%가 여성에서는 6.8%가 심한 성적 환상을 한다. 이들은 아동기에 부모와의 결별을 경험하였다. 이들은 보다 일찍 성행동에 관심을 가졌다. 성중독자의 70%에서는 여러 가지 정신적 증후가 나타난다. 신경과민, 불면증, 발한, 심장박동 증가, 짧은 호흡,

피로 등이다.

성중독자는 자신의 성생활에서 만족을 얻지 못한다. 성생활에서 만족을 얻지 못하는 남성의 비율은 여성들의 비율에 비해 높다. 성중독자는 여러 가지 성의 문제를 경험하고 그것을 해결하기 위해 적극적으로 전문가의 도움을 받기를 원한다. 성중독의 증후는 행동 증후군과 정서적 증후군으로 구별한다.

주요 행동 증후군으로는 다음과 같은 것들이 있다.

- 빈번하게 성행위를 한다.
- 강박적으로 자위행위를 한다.
- 과도한 성행동을 피하려고 하지만 뜻대로 되지 않는다.
- 생리적 각성없이 성행위를 한다.

중요 정서적 증후로는 다음과 같은 것들이 있다.

- 성에 대해 강박적으로 생각한다.
- 자신의 과도한 성행위에 대해 심한 죄책감을 느낀다.
- 빈번한 불쾌한 정서적 불안, 빈번한 고독감을 느낀다.
- 심한 부끄러움을 경험한다.
- 성행위에 대한 합리화, 친숙하지 못한 상대와의 성행동을 한다.
- 삶에 대한 부정, 때때로 심한 스트레스를 경험한다.

성중독 혹은 과잉성 장애에는 다음과 같은 여러 가지 강박적 행동이 따른다.

- 강박적 상대방 탐색
- 가까워 질 수 없는 상대에 강박적으로 접근
- 강박적 자위행위
- 강박적으로 춘화 접근
- 강박적으로 성문제를 다룬 인터넷 접근
- 강박적으로 여러 사람과 성관계

성중독자는 강박적으로 이상행동을 할 뿐만 아니라 HIV/AIDS와 같은 성병에 쉽게 감염된다. 여성 성중독자들은 예기치 않았던 임신을 하는 경우가 있다. 성중독자는 음주, 흡연, 약물복용 등 여러 가지 위험한 행동을 한다. 남성 성중독자는 도박을 즐기는 경향이 있다. 장애자는 일상생활에서 심리적 쾌감을 경험하지 못할 뿐만 아니라 인생 전반에 걸쳐 즐거움을 경험하지 못한다. 성중독자는 기분장애가 심하다. 그들은 수면장애와 식욕상실로 큰 고통을 받는다. 성중독은 주 증상 외에 동시이환질환을 겪는다. 충동성, 주의결핍증, 행동장애 등을 겪는다. 일반적으로 성중독자는 한 가지 이상의 정신의학적 장애 – 섭식장애, 강박적 쇼핑, 일벌레, 그리고 도박 등 – 가 수반된다.

진단기준

성중독은 다음과 같은 질문에 대한 답을 바탕으로 진단한다.

A. 성행동의 충동을 억제할 수 없는 때가 빈번히 있다.
B. 성행동을 시작하기 전에 심한 긴장감을 느낀다.
C. 성행동과정에서 심한 불쾌감을 느낀다.
D. 다음 질문에 대해 최소 5가지 질문에 동의한다.

- 성행동이나 혹은 성행동을 위한 과도한 준비를 한다.
- 얘기했던 것보다 성행동시간이 길다.
- 성행동을 자제하거나 통제하기 위해 노력한다.
- 성행동을 즐기는데 많은 시간을 소비한다.
- 원만한 가사, 사회적 활동을 위해 성행동을 한다.
- 성행동 때문에 사회적 활동이나 직업활동이 중단된다.
- 성행동 때문에 금전적·심리적·신체적 문제에 직면한다는 사실을 알면서도 성행동을 중단하거나 피할 수 없다.
- 성적 충족을 얻기 위해 성행동의 빈도를 높이고 강도를 높인다. (이는 감내성이 생겼기 때문이다.)
- 성행동을 즐기지 못하면 안절부절하지 못한다. 증후에 따라 1개월 이상 지속되고 성적요구가 상당기간 반복적으로 일어난다.

6개월 이상 강한 성적환상과 성적충동이 지속되는 사례가 있다. 이를 과잉성장애 혹은 성중독으로 진단하는 경우도 있다. 이 경우 최소 다음 증후 가운데 4~5개의 기준에 맞아야 한다.

A1. 많은 성적환상을 하고 성적충동을 느낀다.

A2. 불안, 우울, 안절부절 하지 못할 때 성행동에 대한 환상을 하고, 성적충동을 느낀다.

A3. 스트레스에 직면할 때마다 성적환상을 한다.

A4. 성적환상과 충동에서 벗어나기 위해 노력하지만 뜻대로 되지 않는다.

A5. 잘못된 성행동이 자신에게 정서적으로 신체적으로 유해하다는 것을 생각하지 않고 성행동을 반복한다.

B. 개인의 성적 환상, 성적 욕구, 그리고 성적행동은 개인의 사회적·직업적 기능을 손상시킨다.

C. 성적환상과 충동은 외인성 물질의 생리적 효과와는 무관하다.

D. 피험자의 연령은 18세 이상이다.

일중독

일중독은 일벌레로 널리 통용된다. 일벌레는 특정한 일에 지나치게 몰두한 나머지 자신의 심신을 해치고 가정의 불화를 초래하는 것이 일반적 특성이다. 일벌레는 강박적으로 일에 몰두하는 사람이라고 정의한다. 일에만 몰두하는 것은 긍정적 생활습관이지만 일정한 한계를 넘게 되면 정서적 불구로 만든다.

권력에 매료된 사람은 그 욕구를 성취하기 위해 많은 일을 한다. 그들은 상사나 사회로부터 사회적 인정을 받고자 하는 욕구가 강하고 그 충동을 억제하지 못한다. 일벌레의 생활은 매우 단조롭다. 그들의 생활은 개미 쳇바퀴 도는 것과 크게 다르지 않다. 이 일에서 저 일로 질질 끌려 다닌다. 그렇게 생활을 했어도 뚜렷하게 해놓은 일은 별로 없다. 또 이는 개인의 일상생활과도 밀접한 관계가 있다. 할 일이 없는 사람, 직장에서 물러난 사람은 여러 가지 심리적 상처를 받는다. 실직에 의한 스트레스는 개인의 신체적·정신적 건강을 해친다.

일반적으로 일벌레 특성을 가진 상사가 운영하는 일벌레 조직체는 화목한 직장으로 평가받지 못한다. 상사는 직원들에게 불합리한 요구를 한다. 완벽주의 성향이 있는 직원들은 그로부터 수많은 심리적 압박을 받는다. 근면한 사람과 일벌레는 크게 다르다. 근면한 사람은 자신의 가족은 물론 직장 동료들과 매우 친밀한 정서적 유대관계를 유지한다. 그들은 건강과 책임의 균형을 항상 유지한다. 그러나 일벌레는 이러한 긍정적 특성을 발견할 수 없다. 정상적인 사람은 가정을 위해, 그리고 직장을 위해 상당히 많은 시간을 보낸다. 그러나 일벌레는 이러한 시간을 많이 갖지 못한다. 그들은 일의 강박성에 묶여 산다. 그들은 다양한 야심적인 프로젝트를 구상하고 실행한다. 하지만 그 결과는 실망스럽다.

일벌레의 모든 행동은 남다른 데가 있다. 다른 사람에 비해 수행속도가 빠르다. 말이 빠르고, 음식을 빨리 먹고, 걷는 속도가 보통사람보다 빠르다. 이와 같은 특성은 이유 없는 것은 아니다. 이는 불안을 야기시키는 내정혼란 상태의 표출이다. 일벌레의 성장과정에서 특이한 점을 발견할 수 있다. 그 가운데 하나가 미성년기에 그에게 성인의 책임이 주어졌다는 것이다. 부모의 사망으로 가정의 책임을 맡게 되는 경우가 있는데 그것이 주요 요인으로 작용한다. 일벌레로 빠지는 사람에게 부모의 사망에 못지 않게 큰 영향을 주는 것은 부모의 결별이다. 부모의 결별을 경험한 사람은 병적으로 일에 몰두하게 된다.

일벌레는 가족의 가치체계와 밀접한 연관이 있다. 일 중심의 가치체계 가족환경에서 성장한 사람 가운데 일벌레가 되는 사례가 많다. 이들의 성장과정도 특이하다. 일중심의 가족환경에서 성장한 아이들은 조건부 사랑의 산물이다. 학교생활에서 좋은 성적을 받음으로써 부모사랑을 받는다. 피동성－공격성 쾌락을 추구하는 사람은 어떤 상황에서도 거부하는 태도를 취하지 않는다. 이러한 습관 때문에 상사나 동료로부터 긍정적 평가를 받는다. 보다 많은 긍정적 평가를 받기 위해 병적으로 일에 몰입한 결과가 일벌레이다. 일벌레에는 여러 가지 유형이 있다. 첫째, 통제자 일벌레 상사를 생각할 수 있다. 그들은 상대방을 항상 자기의 통제 하에 두고 싶어 한다. 이러한 상사의 특성을 인지한 직원은 상사의 욕구를 충족시켜주기 위해 항상 매력적이고, 위트가 있고, 사교적인 사람으로 보이기 위해 행동한다. 이들은 인내심이 강하고 충동적으로 행동하기도 한다. 항상 사고형 성격자로 인정받는다. 이들이 후에 관리자로 자리 잡게 된다. 둘째, 자애적 통제자 일벌레를 생각할 수 있다. 결과를 고려하지 않고 자기의 뜻에 따라 일을 추진하고 자기 자신의 계획에 따라 일은 처리한다. 그 결과 다른 사람을 난처하게 만든다. 그들은 윤리적 기준 같은 것에는 전혀 관심을 두지 않는다. 자기 자신의 판단이 곧 규칙이 되고 법이 된다. 자애적 견해가 자신의 행동에 어떤 영향을 주는가는 생각하지 못한다. 일반적으로 현명하고, 정력적이고, 그리고 경쟁심이 강한 사람은 긴장 속에서 생활한다. 단잠을 취하지 못할 때 진정제를 복용하는 습관이 있다. 이 습관이 더 굳어지면 일벌레의 생활스타일로 탐닉하게 된다.

행동증후

일벌레의 행동증후는 여러 가지 심신증후로 나타난다. 주요 증후는 다음과 같다.

- 자신이 생각했던 것보다 많은 시간을 특정한 행동에 소비하는 경우가 빈번하다.
- 특정한 행동욕구가 지속된다.
- 특정한 행동을 중단하거나 통제하고 싶지만 뜻대로 되지 않는다.
- 특정한 행동효과를 경감시키기 위해 상당히 많은 시간을 소모한다.
- 특정한 행동을 위해 소비하는 시간이 많다.
- 가족이나 자기 자신에게 관심이 없고 특정한 행동에 지나치게 열중한다.
- 가족이나 친구에게 관심이 없고 독자적 행동에 몰입한다.
- 유사행동효과를 경험하기 위한 행동빈도나 강도가 높아진다. 자신이 의도했던 행동을 하지 못하면 안절부절 못하고 적개심과 불안을 느낀다.

치료

행동중독의 치료기술은 약물중독 치료기술과는 다르다. 알코올 중독과 같은 약물치료에서는 약물을 중단하거나 해독을 시키면 되나 행동치료는 이와 다른 치료방법을 쓴다. 흔하게 쓰이는 것이 기능회복법, 재생법이다.

기능회복프로그램에서는 보다 진정한 자기의 생활을 위해 스스로 자기에게 압력을 가한다. 치료방법은 입원환자에게는 매우 큰 도움을 주나 외래환자에게는 다소 무리가 된다. 외래환자는 보다 전문기관의 외래치료를 받아야 한다.

환자는 정기적으로 전문가를 찾아서 자신의 진료진행과정을 상담하고 조언을 들을 수 있다. 행동중독자는 전문가와 자신의 행동중독에 따른 여러 가지 정서 문제에 대해 상담하고 그로부터 조언을 받는다. 이것이 행동중독에 대한 일대일 상담이다. 일대일 상담은 자신의 문제를 전문가와 편안한 환경에서 자유롭게 이야기하고 그로부터 조언을 받는 기회이다. 이 상담기술은 집단 상담기술이 가지는 약점을 보완한 것이다.

행동중독은 인지행동치료에 의해 성공적으로 치료된다. 이는 환자가 가지는 부정적 사고나 행동을 긍정적 사고나 행동으로 대치하는 방법으로 긍정적 보상이 수반될 필요가 있다. 치료효과는 비교적 장기간 지속된다. 인지행동치료는 환자에게 새로운 행동형태도 습득시킨다. 실제 여기서는 환자의 외형적 행동보다는 동기강화에 역점이 주어져야 한다. 이 치료에서는 환자가 행동중독을 일으킨 사고 과정에 변화를 가져오는데 일차적 목적이 주어져야 한다.

행동중독치료에서는 치료효과를 높이고 환자의 회복을 촉진시키기 위해 가족을 환자치료에 참여시킨다. 같은 목적으로 가까운 친구나 이웃까지도 포함시킨다. 가족치료에서 가족 상담까지 병행하면 환자의 회복을 보다 크게 촉진시킬 수 있다. 이를 통해 보다 건전한 가족관계를 촉진시켜 나갈 수 있다.

행동중독치료를 위해 진단치료를 한다. 이 치료에서는 행동치료를 받고 있거나 받을 필요가 있는 사람이 집단이 되어 자신의 치료경험이나 생활경험을 중심으로 치료계획을 세우고 전문가의 조언을 받기도 한다. 이 치료에서는 AA집단치료에서 쓰는 12단계 치료의 기술에 크게 의존한다.

행동중독자 가운데는 치료를 거부하는 사례가 많다. 그러므로 실제 치료에서는 이러한 행동을 우선적으로 치료해야 한다. 실제 치료에서는 한 가지 치료기술을 장기적으로 수행하는 것이 보다 바람직하다.

저자 이현수

학력 서울대학교 문리과대학 심리학과 졸업
서울대학교 대학원 심리학과 졸업
런던대학교 대학원 심리학과 졸업

경력 국립정신병원 임상심리과장 역임
텍사스대학교 의과대학 정신의학 및 행동과학과 연구교수 역임
중앙대학교 문리과대학 교수 역임
현재 중앙대학교 사회과학대학 심리학과 명예교수

저서 임상심리학(박영사, 1973, 1977, 1984, 1990, 1994, 2000, 2012)
이상행동의 심리학(대왕사, 1976, 1985, 1990, 1995, 2002, 2012)
한국판 아이젱크 성격검사(중앙적성출판사, 1985; 학지사, 1997, 2012)
성격과 행동(학지사, 2001)
웰빙의 심리학(대왕사, 2005)
긍정적 심리학(시그마프레스, 2008)
근거중심의 정신병리학(하나의학사, 2016)
현대인의 중독심리(싸이앤북스, 2019)
사이코패스(학지사, 2019)

역서 마음의 병: 신경증(H. J. Eysenck 저, 대왕사, 1979)
정신세계의 병리와 해부(V. Frankl 저, 양영각, 1983)
파블러프와 조건반사(J. Gray, 우성문화사, 1986)
제이콥슨 박사의 긴장이완법(E. Jacobson 저, 학지사, 1995)

습관과 중독 -심리학적 재조명-

초판발행 2019년 5월 20일

지은이 이현수

펴낸이 노 현
편 집 김효선
기획/마케팅 장규식
표지디자인 조아라
제 작 우인도·고철민

펴낸곳 (주)피와이메이트
서울특별시 금천구 가산디지털2로 53 한라시그마밸리 210호(가산동)
등록 2014. 2. 12. 제2018-000080호
전 화 02)733-6771
f a x 02)736-4818
e-mail pys@pybook.co.kr
homepage www.pybook.co.kr
ISBN 979-11-89005-24-5 03180

정 가 15,000원

박영스토리는 박영사와 함께하는 브랜드입니다.